Première

Illustrations
de Geneviève Guénette

la courte échelle

Les éditions de la courte échelle inc.
5243, boul. Saint-Laurent
Montréal (Québec) H2T 1S4

Directrice de collection:
Annie Langlois

Révision:
Sophie Sainte-Marie

Conception graphique:
Elastik

Mise en pages:
Mardigrafe inc.

Dépôt légal, 3ᵉ trimestre 2004
Bibliothèque nationale du Québec

La courte échelle reconnaît l'aide financière du gouvernement du Canada par
l'entremise du Programme d'aide au développement de l'industrie de l'édition
pour ses activités d'édition. La courte échelle est aussi inscrite au programme
de subvention globale du Conseil des Arts du Canada et reçoit l'appui du
gouvernement du Québec par l'intermédiaire de la SODEC.

La courte échelle bénéficie également du Programme de crédit d'impôt pour
l'édition de livres — Gestion SODEC — du gouvernement du Québec.

Données de catalogage avant publication (Canada)

Rousseau, Paul

Lucifère Première

(Mon Roman; MR13)

ISBN 2-89021-703-5

I. Guénette, Geneviève. II. Titre. III. Collection.

PS8585.O853L822 2004   jC843'.54   C2004-940163-7
PS9585.O853L822 2004

Paul Rousseau

Paul Rousseau est l'auteur de quelques livres pour les adultes, dont le recueil *Micro-Textes*, pour lequel il a obtenu le prix Octave-Crémazie en 1990, et le roman *Yuppie Blues*, qui a reçu une mention spéciale du jury du prix Robert-Cliche en 1993. Pour écrire ses romans jeunesse, il s'inspire des aventures de ses enfants et de leur soixantaine d'amis… à deux et à quatre pattes.

Geneviève Guénette

Geneviève Guénette a étudié en design et en graphisme. Elle a été tour à tour directrice artistique pour des jeux interactifs, créatrice de décors pour des films d'animation et illustratrice. Dans ses temps libres, Geneviève fait du parachute. Elle a même son brevet de pilote d'avion. *Lucifère Première* est le deuxième roman qu'elle illustre à la courte échelle.

Du même auteur, à la courte échelle

Collection Roman Jeunesse

Série Delphine et Laura :
Une panthère dans la litière
Docteur Soccer

Collection Mon Roman

Série Alex :
Lucifer, mon grand-père

Paul Rousseau

Lucifère Première

Illustrations
de Geneviève Guénette

la courte échelle

*À Annie et Sophie,
qui se font un malin
plaisir de me tourmenter.*

1

Sueurs froides

— Enfin !

Alex se dressa sur la planche juste au moment où la vague commençait à déferler, mais vacilla lorsque la lame bleue passa sous elle en grondant. Elle dut agiter les bras à la manière d'un funambule pour réussir à garder son équilibre.

— Si je pouvais rester debout plus de deux secondes ! marmonna-t-elle entre ses dents.

Soudain, la planche sous ses pieds sembla adhérer à la surface de l'eau et la crête de la vague se mit à la porter comme par magie. Elle imaginait une main géante cachée sous les flots, emportant doucement sa planche vers la plage. Alex poussa un cri de joie.

Puis tout s'écroula. La vague se brisa et la planche de surf lui échappa. On aurait dit qu'on lui avait retiré un tapis sous les pieds. Elle se retrouva tête première dans l'eau salée qui s'engouffra dans son nez et sa bouche en picotant.

Sa planche sous le bras, Alex se fraya un chemin à travers les chaises pliantes, les pelles et les seaux jusqu'à sa mère, bien installée sous un parasol. Elle planta avec rage sa planche dans le sable brûlant.

— J'y arriverai ! Même si je dois y consacrer chaque minute de ce séjour à la mer !

— Je vois que tu prends du mieux, ma chérie. Quelle bonne idée de poursuivre ta convalescence au bord de l'océan ! Veux-tu manger quelque chose ?

Alex s'empara d'une barre tendre et d'une boîte de raisins secs en grognant un merci.

— C'est difficile ! s'exclama-t-elle après deux bouchées. Ça bouge beaucoup là-dessous. C'est très différent de la planche à roulettes…

— Heureusement, on se fait moins mal en tombant.

— Maman ! Je suis la seule à surfer avec un casque !

— Tu garderas ce casque jusqu'à nouvel ordre ! Tes bosses sur le crâne ne se sont pas encore résorbées.

Au fond, Alex était contente de garder ce casque. Elle n'avait pas envie qu'on remarque ces étranges enflures qui lui décoraient chaque côté de la tête. Elle n'avait surtout pas besoin qu'on lui rappelle que ces bosses ressemblaient à des cornes.

— J'y retourne ! lança Alex.

Elle cala son casque sur ses cheveux d'un roux flamboyant qui devenaient rouge feu quand ils étaient mouillés. Puis elle agrippa sa planche et dévala l'étendue sablonneuse.

La plage était bondée. La ville entière semblait s'y être donné rendez-vous. Il faut dire que la région étouffait sous l'emprise d'une vague de chaleur qui n'en finissait plus.

Alex était sans doute l'une des seules ici à ne pas souffrir de cette canicule. Son corps possédait une exceptionnelle capacité de résistance à la chaleur. La rouquine avait sa petite idée pour expliquer ce phénomène, mais elle préférait ne pas y penser.

Elle accélérait le pas vers la mer lorsqu'un toussotement familier la fit sursauter.

— Prête pour une descente aux enfers ? articula une voix lugubre dans son dos.

Alex se retourna vivement.

Contrastant avec les baigneurs qui l'entouraient, un vieil homme maigre, vêtu d'un habit noir et coiffé d'un chapeau melon, trônait sur une minuscule chaise de plage surmontée d'un immense parapluie. D'une main osseuse, l'étrange personnage souleva son melon avec lenteur. Il accompagna ce salut d'un rictus sévère.

Un frisson parcourut l'échine d'Alex. Elle laissa échapper un cri aigu et s'enfuit à toutes jambes vers l'océan protecteur.

* * *

Alex ne quitta pas la mer de l'après-midi. Tout en continuant à s'initier au surf, elle gardait un œil sur la plage. L'homme en noir restait parfaitement immobile sous le soleil de plomb malgré son accoutrement. Vingt fois elle avait regardé dans sa direction et jamais il n'avait bronché. Puis elle avait cessé de s'en soucier.

Le séjour prolongé de la rouquine dans l'eau avait un sérieux avantage. Elle commençait enfin à saisir les subtilités du surf. Une fois sur deux, maintenant, elle réussissait à chevaucher la vague sur quelques dizaines de mètres.

Elle avait presque oublié l'homme de la plage quand, en nageant vers le large à plat ventre sur sa planche, elle perçut le ronronnement d'un moteur.

— N'entendez-vous pas l'appel des ténèbres ? prononça une voix caverneuse.

Alex en tomba de sa planche.

Lorsqu'elle émergea de l'eau, le grand homme en noir était penché au-dessus d'elle. Il était debout dans une petite barque dont le moteur crachotait.

— Nous attendons vos instructions, jeune maîtresse.

L'homme avait toutes les difficultés du monde à garder son équilibre, même en utilisant son parapluie comme balancier.

— Des événements d'une gravité sans précédent se préparent, énonça-t-il très rapidement, et… et…

Une vague souleva la barque qui se mit à tanguer. L'homme donna l'impression de vouloir se retenir à son parapluie, puis sa grande carcasse passa par-dessus bord.

Un chapeau melon orné d'une méduse réapparut. Alex se précipita au secours de l'homme en noir.

— Vous vous couvrez de ridicule, Antipatros !

— Croyez bien que nous regrettons ce manquement grave à la dignité élémentaire. Nous avons cependant une mission de la plus haute importance à accomplir : vous ramener en enfer.

— Pour l'instant, c'est vous qu'il faut ramener sur la terre ferme, trancha la rouquine.

Utilisant sa planche tel un levier, Alex aida Antipatros à grimper dans son embarcation.

— Merci, dit l'homme en tordant sa cravate. Pardonnez-nous encore une fois cet étalage de notre maladresse.

— C'est moi qui vous dois des excuses, Antipatros. Depuis trois jours que je vous ignore comme si vous étiez le dernier des inconnus. Et vous avez l'air si penaud avec vos habits mouillés. Voici ce que je propose… On se fixe rendez-vous à la buanderie de l'hôtel à minuit, d'accord ?

Antipatros inclina respectueusement la tête.

— Vous m'en voyez ravi. Vous approcher sans attirer l'attention devenait de plus en plus ardu.

Alex regarda Antipatros s'éloigner dans sa barque zigzagante et eut un pincement au cœur. Elle ne pourrait plus y échapper. Elle allait devoir affronter la réalité.

Toutes les images qu'elle avait tenté de refouler dans un coin de son cerveau depuis soixante-douze heures lui revenaient rapidement… Les apprentis démons comptabilisant les âmes à la lueur des torches. La cérémonie de résurrection et l'épreuve de la fourche au cours de laquelle elle avait été nommée successeur de Lucifer. L'attaque des foreuses géantes et le combat contre les anges. Son retour à la surface de la Terre pour participer à une compétition de planche à roulettes.

Trois jours plus tard, elle n'était toujours pas redescendue sous terre. Les suppôts attendaient qu'elle reprenne le contrôle de la section comptable des enfers. Ils devaient drôlement s'impatienter.

Alex avait tenté d'ignorer leurs pressants appels, mais elle ne pouvait plus repousser l'échéance.

« Ça me laisse quand même le reste de la journée, songea-t-elle en saisissant sa planche. J'ai encore tant à apprendre sur le surf ! »

2

Le pacte de feu

La rivière de magma qui depuis un demi-siècle s'était contentée de bouillonner paresseusement dans les entrailles de la Terre s'agitait. Un tourbillon se creusait rapidement à sa surface. En s'élargissant, la spirale rougeoyante formait des bulles visqueuses qui éclataient en libérant des nuages de fumée noirâtre.

La plus grosse de ces bulles s'éleva au-dessus du liquide brûlant. On aurait dit une tête.

Un cou, des épaules puis un tronc émergèrent ensuite du liquide en ébullition. Et, sur le visage rouge, on pouvait déceler le creux des orbites et la bosse du nez… L'être de lave sortit de la rivière de magma basaltique et fit quelques pas.

Un pli creusa la partie du visage à l'endroit où devait se trouver la bouche. Puis une espèce de chuintement s'en échappa.

— Qui ose m'appeler ?

Une silhouette sortit de l'ombre.

— Euh… Moi… un simple apprenti, répondit une voix mal assurée. J'ai cru de mon devoir de vous déranger parce qu'il se passe des choses très graves dans la section comptable des enfers… Euh… c'est que… une fille occupe le trône de Lucifer !

Le pli se reforma sur le visage écarlate.

— Ce qui se passe dans les couches supérieures de l'enfer ne m'intéresse plus depuis longtemps. Tout y est en décrépitude. Les hommes ne croient plus du tout en nous. Même mes boutefeux m'ont abandonné. Allez, laissez-moi veiller sur la flamme éternelle.

La créature avait déjà fait demi-tour.

— Non ! Ne partez pas ! s'alarma le jeune diable. C'est une fille de douze ans, comprenez-vous ? Et elle n'a aucun don ! Ce n'est pas avec deux bosses sur le crâne qu'on devient la nouvelle princesse des ténèbres. Alors que moi, j'ai déjà tout ce qu'il faut : les cornes, les ailes, la queue fourchue…

L'être de lave se retourna.

— Je vois que des sentiments nobles vous habitent : envie, jalousie, haine…

— Détrompez-vous ! C'est mon sens de la justice qui me motive ! Il faut réparer cette erreur qui pourrait avoir de terribles conséquences.

Son interlocuteur s'enfonçait lentement dans la masse de matière en ébullition.

— Je vous reconnais de grandes qualités, audacieux visiteur. Le seul fait de connaître mon existence tient de l'exploit, de nos jours… Mais je dois vous quitter, j'ai quelque chose sur le feu…

— Je ne suis pas n'importe qui ! hurla l'apprenti démon. C'est moi qui aurais dû être nommé Lucifer 666 !

La créature sursauta, créant ainsi une série de vaguelettes sur la surface de lave mouvante.

— C'est un titre très important, ça, Lucifer 666 ! Êtes-vous certain qu'on soit déjà rendus là ? Ça change tout, mon ami, affirma l'homme rouge en s'extirpant de la lave.

— C'est ce que je pensais, s'enthousiasma le jeune apprenti. Selon la prophétie, le désordre, l'anarchie et le chaos devaient envahir la Terre. Le monde ne devait plus jamais être le même…

— Vous êtes aussi au courant de la prophétie ? s'étonna l'être de lave. Vous êtes vraiment doué.

L'apprenti remercia l'autre d'une grimace.

— Malheureusement, rien de cela ne s'est encore produit. Une preuve de plus qu'ils se sont trompés en choisissant cette fille, si vous voulez mon avis.

Dégoulinant de lave, l'homme fixait le jeune démon de ses orbites creuses.

— En somme, reprit-il de sa voix chuintante, comme le désordre, l'anarchie et le chaos sont quelques-unes de mes spécialités, vous avez cru que je pourrais vous aider à corriger cette injustice…

Tout en parlant, il avait fait surgir deux boules de feu à l'extrémité de ses poings. Il secoua les bras et les sphères enflammées s'envolèrent, laissant dans l'air des traînées incandescentes. Elles tracèrent des cercles de feu au-dessus de la rivière de magma et vinrent s'écraser aux pieds de l'apprenti qui recula, effrayé.

— En clair, vous me demandez de renverser Lucifer ? De perturber l'ordre naturel des choses ?

— C'est-à-dire que…

— Répondez !

Le chuintement était devenu un puissant souffle de brasier.

— Oui ou NON ?

Les ailes de l'apprenti se mirent à battre avec frénésie dans l'ombre rougeoyante alors que son corps amorçait un mouvement de pivot.

— Et n'essayez pas de vous enfuir en virevoltant ! Je vous aurai fait frire bien avant que vous ayez disparu.

Le jeune démon s'immobilisa à la vue de nouvelles boules de feu qui se formaient au

bout des poings de l'homme de lave. Il enfouit son visage dans ses mains tremblantes.

— Eh bien… Oh, je ne sais plus… Attendez… Oui ? osa-t-il enfin.

— D'accord ! Voici ce qu'on fera… déclara alors la créature sur un ton enjoué. D'abord, convoquons mes boutefeux.

3

L'appel des ténèbres

Vêtue d'un simple short et d'un t-shirt, Alex sortit sur la pointe des pieds de la chambre d'hôtel qu'elle partageait avec sa mère. Elle avait auparavant pris la précaution de placer un oreiller sous ses couvertures. Avec un peu de chance, elle serait de retour au petit matin sans que sa mère se soit aperçue de son absence.

Elle passa la main dans sa tignasse rousse en effleurant au passage ses bosses qui devenaient chaque jour de plus en plus dures et pointues. Elle s'enfonça une casquette sur le crâne, puis se dirigea vers l'escalier.

Moins d'une minute plus tard, la rouquine fit irruption dans la buanderie de l'hôtel. La pièce sentait l'humidité et le détergent. L'homme en noir était appuyé sur son parapluie devant la porte ouverte de la plus grande sécheuse.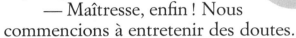

— Maîtresse, enfin ! Nous commencions à entretenir des doutes.

Alex le stoppa de la main.

— Pas de ça entre nous, Antipatros. Je vous prierais de remiser vos « maîtresse » et tous les titres du genre.

L'homme en noir souleva un sourcil.

— Nous sommes votre serviteur attitré. Nous, suppôts, avons le devoir et le privilège…

Antipatros s'interrompit en voyant l'expression renfrognée de sa jeune interlocutrice.

— Fort bien, s'inclina-t-il. Donnez-vous donc la peine d'entrer, jeune Alex.

D'un pas hésitant, elle vint se placer devant la porte béante de la sécheuse.

Elle savait ce qui l'attendait de l'autre côté de l'ouverture circulaire. Un monde tout à fait différent. Exaltant. Un univers d'aventure et de mystère dans lequel elle se mouvait avec une étonnante facilité.

Mais, en dépit de tous les indices, comme ses cornes, ou ses ailes et sa queue encore invisibles, il lui arrivait de penser qu'elle n'était pas vraiment un démon rouge. Bref, que cette affaire relevait d'une étrange méprise.

— Bon, allons-y pour la nuit, soupira-t-elle. On verra ensuite.

En dépit de ses réticences à retourner sous terre, Alex eut soudain hâte de revoir tout le monde, tant les suppôts que les apprentis. En particulier Thomas, un démon gris avec lequel elle s'était liée d'amitié, et Jacob, un petit autiste qui possédait le don particulier de plier le verre.

Une bouffée d'air chaud l'accueillit dans la sécheuse. En face d'elle s'ouvrait un étroit tunnel aux parois lisses qu'elle connaissait bien pour l'avoir déjà utilisé plusieurs fois. Antipatros la rejoignit, ses grandes jambes repliées sous lui.

— Parée?

Alex prit soin de bien camper ses pieds. La traversée pouvait être rude.

On entendit une détonation, suivie d'un bruit de succion qui s'amplifia. Le cœur d'Alex se mit à battre très vite. L'air autour d'elle devint tout à coup brûlant. Le conduit de la sécheuse les aspira alors dans les entrailles de la Terre.

Elle reconnut avec bonheur cette sensation de griserie pure. Ce tunnel, avec ses spirales et ses virages pris à toute vitesse, fracasserait tous les records d'achalandage si on en faisait un manège de parc d'attractions.

Au bout d'une minute, des langues de feu apparurent sur les parois, signe que le voyage tirait à sa fin. Ils allaient bientôt franchir l'écran de flammes qui faisait le tour de la Terre à une profondeur de neuf kilomètres. Alex se prépara à un atterrissage brutal.

Un coup de tonnerre retentit, et l'homme et la fillette jaillirent de la barrière enflammée.

À son grand étonnement, Alex papillonna vers le sol. À ses côtés, Antipatros se servait de son parapluie comme d'un parachute. Tous deux se posèrent en douceur sur le pavé poussiéreux du débarcadère du Calorifique.

— Vous avez finalement décidé de déployer vos ailes ? demanda Antipatros.

Alex aurait aimé lui donner une réponse affirmative. Pourtant, elle n'avait aucun pouvoir sur ces étranges membranes. Parfois, celles-ci se déployaient. En d'autres occasions, elles demeuraient fermées. Par exemple, dans la mer, aujourd'hui, elle aurait bien eu besoin de ses ailes et de sa queue pour rester en équilibre sur sa planche de surf.

Un petit démon à lunettes les attendait devant un haut portail clouté qui constituait le principal accès à la grande salle.

Il jeta un bref coup d'œil à Alex avant de s'adresser au suppôt.

— V-vous êtes d-demandés de t-toute urgence dans la grande salle.

Le portail s'ouvrit derrière lui avec un grincement sinistre. Antipatros Léonidas souleva un sourcil.

— Avons-nous encore le contrôle des enfers ? s'informa-t-il.

— Oui, s-sauf que les v-voxatographes f-font des misères.

Antipatros et Alex suivirent le jeune bègue dans la grande salle. Il s'appelait Jérémie et il agissait comme s'il n'avait pas reconnu Alex.

Un long barrissement, que l'écho répercuta longtemps sur les hauts murs, les accueillit.

Alex parcourut du regard la vaste enceinte qui lui sembla aussi sombre et poussiéreuse que la première fois. L'impression de pénétrer dans une ancienne usine persistait en raison des dizaines de rangées de tables de travail qui s'alignaient presque à perte de vue.

Cependant, les bureaux qu'elle avait connus encombrés de voxatographes étaient maintenant vides. Ces machines, qui réagissaient lorsque quelqu'un sur terre prononçait le nom de Lucifer, avaient presque toutes été détruites lors du combat contre les anges, il y a trois jours.

Seuls quelques bureaux au centre de la salle étaient encore munis de ces équipements. Une quinzaine de personnes étaient agglutinées autour de ces tables. Parmi elles, un homme se démarquait par sa corpulence.

Alex reconnut aussitôt M. Asmodée, ancien cuisinier des âmes. Ce dernier semblait dans tous ses états. La salle était remplie des éclats de voix du gros homme.

— Pas moyen d'en faire fonctionner un plus de cinq minutes sans que quelque chose lâche, se plaignait-il aux apprentis affairés autour de lui.

L'un deux remarqua la présence d'Antipatros et de sa jeune compagne et tira sur la manche de l'énorme suppôt. Le visage rond de M. Asmodée s'illumina.

— Antipatros, maîîîîtresse, enfin !

Les apprentis s'étaient retournés et dévisageaient Alex sans un mot. Il y avait des démons verts, des bleus, un petit blond, de grands noirs avec leurs ailes imposantes et quelques gris dont son copain Thomas ne faisait malheureusement pas partie. Les jeunes diables paraissaient sur leurs gardes.

M. Asmodée gronda :

— Saluez, vous autres ! La princesse des ténèbres est de retour parmi nous !

Très gênée, Alex vit les apprentis s'incliner devant elle dans un même mouvement forcé. Les regards qu'elle croisait étaient sans chaleur.

Quelque chose n'allait pas. Elle se serait attendue à un accueil différent de la part de ses camarades. Elle avait pourtant entretenu d'excellentes relations avec la plupart d'entre eux.

M. Asmodée se tourna vers Antipatros.

— Cher collègue, votre arrivée survient à point. Voyez… Nous avons réuni sur ces tables les voxatographes les moins endommagés. En récupérant des pièces de-ci de-là, nous avons réussi à en reconstituer trois. Nous parvenons à les faire fonctionner, mais il y a beaucoup de ratés. Connaissant votre expertise en la matière…

Antipatros opina.

— Fort bien !

Alex le vit retirer lentement son veston et l'accrocher à un portemanteau. Son parapluie l'y rejoignit, puis le suppôt ôta son melon qu'il remplaça par une visière verte de comptable.

M. Asmodée semblait soulagé.

— Soyez indulgente, maîtresse, plaida le gros homme. Accordez-nous quelques minutes, le temps de remettre tout ça en marche !

M. Asmodée plaça ensuite son énorme main sur l'épaule du jeune bègue à lunettes.

— Emmène-la visiter la crypte, Jérémie. Elle sera heureuse de voir les changements que nous lui avons apportés.

— D'a-d'accord, bégaya Jérémie en entraînant Alex qui constata que les autres apprentis ne s'intéressaient déjà plus à elle.

— Venez, maîtresse !

— Ah ! ça va ! Pas tant de manières avec moi, s'il te plaît, pesta Alex.

Plus loin, près du mur, on avait disposé quelques chaises en demi-cercle autour d'un tableau noir. Au centre de cette sorte de classe miniature trônait un personnage au visage barré d'une énorme moustache : M. Ubald. C'est lui qui était chargé de parfaire l'éducation des apprentis.

Des têtes se tournèrent. Après l'étonnement initial, les visages se fermèrent ici aussi. M. Ubald s'interrompit au milieu d'une phrase, puis regarda Alex en tortillant son imposante moustache.

— Pourquoi me fixent-ils tous comme s'ils ne me connaissaient pas ? chuchota-t-elle

à Jérémie. À croire qu'on n'a jamais combattu les anges ensemble !

Jérémie bégaya avant de répondre.

— Euh… Je ne sais pas, f-faudrait leur demander. Il se p-passe des choses étranges ici depuis que vous nous avez qui-quittés.

Nicolas, un démon noir très désagréable, était assis non loin de M. Ubald et la dévisageait d'un œil mauvais.

— Ne manquait plus que celui-là ! marmonna Alex. Quand est-il revenu ?

Nicolas était mesquin et égoïste, mais il était aussi le jeune démon le plus avancé dans son apprentissage. Il avait rapidement maîtrisé le difficile art de virevoler. Pour y arriver, il fallait battre des ailes tout en pivotant. Et les battements devaient demeurer réguliers pendant qu'on se concentrait sur l'endroit où l'on voulait se rematérialiser.

— Il v-vient, il repart, souffla Jérémie. Comme il v-virevole, ses allées et venues sont d-difficiles à contrôler. C'est pareil pour T-Thomas.

— Quoi ? Thomas virevole ? La dernière fois que je l'ai vu, ses petites ailes de chauve-souris arrivaient à peine à le soulever d'un millimètre…

— Le p-problème, c'est qu'il réussit seulement à le f-faire sous terre. Il y a un m-moment qu'on ne l'a p-pas vu, d'ailleurs.

Alex fut contrariée d'apprendre que son copain Thomas n'était pas là. Comme elle n'avait pas l'intention de rester longtemps, elle risquait de le rater.

Elle était aussi troublée de constater que tout le monde semblait virevoler à qui mieux

mieux alors qu'elle n'en avait jamais eu l'occasion. Elle eut envie d'agiter ses ailes pour tester ses capacités, sauf que Jérémie s'engageait maintenant dans un petit escalier en colimaçon aux marches vermoulues.

Alex lui emboîta le pas. Cet escalier, elle le savait, menait à la crypte.

C'était une sorte de chapelle où étaient entreposés dans le plus grand désordre les cercueils de tous les Lucifer qui s'étaient succédé à la tête de l'enfer. C'est là que s'était déroulé, pour l'essentiel, le furieux combat contre les anges.

Le monument de Lucifer, qui trônait autrefois, menaçant, sur le podium central, avait été réduit en miettes.

Le démon à lunettes s'immobilisa en haut de l'escalier et regarda prudemment à droite et à gauche avant de s'aventurer dans la pièce.

Alex fut aussitôt sur ses gardes.

— Qu'est-ce qui…

Le hurlement de Jérémie la fit taire.

— Noooon !

Un éclair vint frapper de plein fouet le garçon qui se mit à ronfler debout. Un jet d'une

incroyable luminosité dont Alex ne connaissait que trop bien l'origine.

— Les anges ! Ils nous refont le coup !

Elle allait, d'un cri, donner l'alarme, lorsque le garçon rouvrit les yeux. Il passa une langue pâteuse sur ses lèvres avant de lancer :

— Je déteste ça !

Cinq secondes à peine s'étaient écoulées entre le moment où Jérémie avait été foudroyé et son réveil. Auparavant, il serait demeuré endormi pendant plusieurs heures. C'est donc dire que...

— Nos pouvoirs s'amenuisent avec le temps passé en enfer, lança une voix.

— Jérémie, qui nous sert souvent de cobaye, peut en témoigner, continua une autre. Et nos ailes se déplument.

Alex se retourna et aperçut deux anges, dont l'un arborait une auréole brisée.

— Séraph 3583 ! Chéru 48479 !

Le séraphin et le chérubin la contemplaient avec des sourires angéliques, sans aucune trace de menace.

Ils étaient aussi jolis garçons qu'avant, mais leur tenue faisait plutôt négligé. Leur peau paraissait moins blanche et ils avaient perdu cette espèce de halo lumineux qui les entourait et qui rendait leur silhouette floue presque transparente.

— Toujours prisonniers des enfers, les gars ? Je ne vois pas votre chef, remarqua Alex.

Les deux anges échangèrent un regard gêné.

— L'archange Bébhel ? répondit finalement Séraph. Probablement au dortoir, étendu sur une pile de coussins. Il ne sort plus.

— Ah bon, dit Alex en examinant la crypte.

Elle constatait avec satisfaction que les débris avaient été dégagés autour du podium. Il ne restait plus un signe du saccage. La statue de Lucifer avait même été remplacée par une œuvre de verre.

Alex s'avança, les yeux écarquillés, vers la figure scintillante. Elle représentait, à s'y méprendre, un adepte de rouli-roulant en plein envol. Elle vit que de petites cornes dépassaient du casque du personnage qu'on avait voulu immortaliser.

— Mais c'est moi, ça ! s'écria-t-elle, ahurie.

— C'est l'œuvre de Jacob, le plieur de verre. Comme matière première, il s'est servi du cercueil de cristal duquel Lucifer 665 et toi vous êtes échappés.

Un jeune garçon apparut derrière la statue en balançant la tête de droite à gauche.

— Jacob !

Alex s'approcha du garçonnet, lui prit la main et la serra très fort.

— Je te remercie, Jacob. Ça me fait vraiment plaisir.

Le petit garçon cessa de balancer la tête. Ses pupilles, jusque-là perdues dans le vague, se fixèrent sur le visage d'Alex. Il sourit.

— Est-ce que j'ai la berlue ou bien son état s'améliore ?

Jacob, qui était doté du don très rare de rendre le verre malléable, souffrait aussi d'une forme d'autisme sévère.

— C'est probablement à force de nous côtoyer. Nous sommes des anges, après tout.

— Des anges déchus, mais des anges quand même. Tu as raison, Chéru.

Une puissante sirène les fit tous sursauter.

— Ils ont réussi à réparer un d-des v-voxatographes, constata Jérémie.

La sirène de la grande salle sifflait seulement lorsqu'une intervention diabolique était réclamée. Quelqu'un sur terre venait donc de proposer de vendre son âme à Lucifer.

— Allons-y ! s'écria la rouquine.

4

Les
boutefeux

M. Asmodée rayonnait. Il est vrai que la lumière rouge qui scintillait sur le voxatographe se reflétait sur son visage.

— Il suffisait que vous nous reveniez, maîtresse, pour que les affaires reprennent.

Antipatros remettait son veston noir et son habituel melon.

Un jeune démon enjoué exultait à côté du grand suppôt.

— C'était à mon tour d'écouter dans le cornet quand un monsieur a dit qu'il donnerait son âme au diable si on le débarrassait de la roulotte de son voisin. Si j'ai bien compris, le monsieur est très riche et habite un immense manoir. Sauf que le voisin vit dans une petite roulotte bonne pour la ferraille.

Le jeune démon détourna le regard, gêné, puis continua en fixant Alex.

— Il a dit qu'il serait même prêt à... à embrasser le derrière de Lucifer.

Alex entendit les apprentis pouffer dans son dos. M. Asmodée dissimula une amorce de rire rauque sous une toux opportune. Antipatros ne put se retenir de soulever un sourcil.

La rouquine se sentit rougir des talons jusqu'au sommet de ses bosses.

— C'est une image, voyons, répliqua-t-elle pour garder contenance.

— Nous exclurons cette disposition du contrat, si elle vous déplaît, déclara calmement Antipatros.

Un bruissement d'ailes se fit entendre derrière Alex.

— Qu'est-ce que tu attends pour y aller? C'est toi qui as été désignée Lucifer 666...

Alex connaissait bien cette voix. Elle se retourna.

— Thomas !

Elle ne put dissimuler sa surprise. Le démon gris avait beaucoup changé en si peu de temps. Les minuscules ailes qui lui décoraient les épaules avaient au moins triplé de volume. Ses cornes aussi. Et il avait le regard rebelle.

— Tu as voulu être Lucifer, alors agis ! répétait-il.

— Mais ils veulent que…

Alex s'interrompit, soucieuse, avant de poursuivre à voix basse :

— Voyons, Thomas, tu sais bien que j'ai obtenu le titre par accident.

— Son trône est en péril et c'est tout l'effet que ça lui fait ! lança Thomas à la cantonade. Elle n'a pas l'air d'y tenir tant que ça, si vous voulez mon avis.

Alex ne comprenait plus rien. Qu'était-il arrivé à son copain ? Comment pouvait-il s'être transformé en cet individu hargneux ? Son cœur se serra.

Ignorant le malaise de la rouquine, le démon gris croisa les bras devant lui à la manière d'un bambin entêté. Tous épiaient la réaction d'Alex, qui commençait à bouillir.

— Mais tout marche comme sur des roulettes, ici! s'écria-t-elle avec ironie. C'était pour me réserver un si chaleureux accueil que vous m'avez ramenée sous terre d'urgence?

Si l'intention d'Alex était de provoquer une réaction avec cette déclaration, ce ne fut pas celle qu'elle attendait.

Thomas se renfrogna aussitôt et se mit à battre des ailes en même temps qu'il amorçait un pivot. Le temps de compter jusqu'à deux et il avait déjà disparu.

Alex grogna de rage.

— Qu'est-ce qu'il a? Qu'est-ce que vous avez tous, à la fin?

Personne ne broncha. Apprentis et suppôts paraissaient pétrifiés. Le silence était tel qu'on entendait crépiter les voix lointaines dans le cornet du voxatographe.

— Permettez-nous de vous rappeler qu'une intervention à la surface est réclamée, jeune Alex, signala enfin Antipatros. La conjoncture actuelle étant ce qu'elle est, la prudence nous semble de mise pour cette incursion. Votre humble serviteur se propose donc de vous escorter, si vous n'y voyez pas d'inconvénient.

— Merci, Antipatros, soupira Alex.

L'homme et elle se dirigèrent d'un pas rapide vers l'embarcadère du Calorifique. Après quelques enjambées, Alex commença à courir pour que personne ne remarque ses yeux embués.

* * *

Pour la première fois, Alex resta parfaitement insensible aux vrilles du Calorifique vers la surface. Et l'idée qu'elle allait pénétrer chez des inconnus au beau milieu de la nuit par leur sécheuse lui parut presque banale.

Les questions se bousculaient dans sa tête. Elle n'arrivait pas à s'expliquer l'attitude des autres apprentis à son égard. À part M. Asmodée, personne n'avait semblé vraiment heureux de la revoir. Pourquoi ? Qu'est-ce qui avait changé sous terre en si peu de temps ? Même Antipatros était plus distant.

Trop occupée à broyer du noir, elle ne vit pas tout de suite la main tendue par le suppôt. Leurs yeux se croisèrent un bref instant. Alex y chercha un peu de réconfort mais, comme d'habitude, le visage du suppôt n'exprimait aucun sentiment.

Antipatros l'aida à s'extirper de la sécheuse. Ils émergèrent dans une salle de lavage du dernier cri.

Le claquement d'une porte d'armoire les fit sursauter.

Une grosse femme portant un panier rempli à ras bord passa devant eux sans les voir.

Le cœur battant, Alex interrogea Antipatros du regard. Celui-ci se contenta de placer un doigt sur ses lèvres.

La femme au panier avançait à petits pas fatigués. « Une domestique, sans doute », songea Alex en l'observant grimper les marches d'un escalier de service.

Le suppôt et la rouquine se retrouvèrent soudain dans le noir. L'employée avait dû fermer la lumière en quittant la pièce.

— Cette personne nous indique la voie, déclara Antipatros. Suivons-la.

L'escalier les mena aux cuisines, puis à la salle à manger. Les devançant d'une pièce à l'autre, la grosse femme continuait à progresser dans la demeure en éteignant derrière elle.

— L'escalier menant à l'étage devrait se trouver de ce côté, murmura Antipatros.

Avec ses airs de majordome anglais, le suppôt cadrait parfaitement dans ce palais.

Quant à Alex, elle avait déjà hâte de sortir de là. Le plus dur était à faire : rencontrer le propriétaire de ce manoir. Elle se souvint avec un frisson de son expérience précédente. Pas facile de se faire passer pour le diable lorsqu'on n'a que douze ans, que nos cornes ne mesurent pas un centimètre et que le reste de nos attributs est invisible.

La dernière fois, M. Asmodée lui avait fabriqué des ailes et une queue avec son parapluie et le client n'y avait vu que du feu. Alex n'en attendait pas moins d'Antipatros.

Les cas d'intervention sur le terrain obéissaient à un rituel compliqué dont elle ne saisissait pas encore toutes les subtilités.

L'individu qui exprimait à haute voix le désir de céder son âme devait confirmer ce souhait devant Lucifer ou un de ses représentants. Comme plus personne n'allait en enfer de nos jours, on se contentait de dresser un relevé des intentions. En échange, on essayait d'exaucer le souhait du client.

Autrefois, une autre section de l'enfer aurait envoyé une équipe pour éliminer le voisin gênant et sa roulotte. Mais la plupart des niveaux infernaux étaient tombés en désuétude et Alex se demandait bien comment ils parviendraient à remplir leur part du marché.

Une petite visite au voisin en pleine nuit suffirait-elle à lui donner envie de déménager? Et si on ajoutait de gros yeux, quelques ricanements et des effets spéciaux? Ils n'allaient quand même pas faire sauter la roulotte du voisin?

— BOUM!

Le parquet de la salle à manger vibra sous leurs pieds et une lueur fauve illumina la pièce.

Alex se précipita à la fenêtre la plus proche, Antipatros sur les talons.

— Là!

Dehors, un incendie avait éclaté de l'autre côté d'une haie taillée au rasoir. À travers les arbres et les buissons, Alex crut discerner les contours d'une roulotte éventrée et dévorée par les flammes.

— Que faites-vous là ? hurla une voix apeurée derrière eux.

Une lumière crue inonda la pièce. Le suppôt et Alex se retournèrent lentement. Un homme arborant une mince barbe grise venait de surgir d'une porte au bout de la pièce. Sa robe de chambre avait été nouée à la hâte.

À l'autre extrémité de la salle, la domestique qu'ils avaient aperçue plus tôt fonçait sur eux à la manière d'un rhinocéros.

Très maître de lui-même dans les situations les plus périlleuses, Antipatros plaça la pointe de son parapluie sur le montant de la fenêtre qui s'ouvrit sans rechigner.

Une seconde plus tard, Alex et son compagnon couraient à toutes jambes sur la pelouse humide. En contrebas, l'incendie faisait toujours rage.

La rouquine se questionna sur sa part de responsabilité dans ce sinistre. Elle avait bel et bien entendu une puissante déflagration juste après s'être demandé s'ils allaient devoir faire sauter la roulotte du voisin. Était-ce là un autre de ses dons cachés ?

Alex se retourna pour vérifier si on les poursuivait.

— Antipatros, dites-moi…

— Regardez plutôt, jeune Alex, chuchota le suppôt.

Trois ombres dansaient autour du brasier. Très hautes, elles sautillaient sur de longues jambes en agitant des bras démesurés.

Les silhouettes s'évanouirent dès les premiers échos des sirènes des camions de pompiers.

— Il semble que les boutefeux nous ont devancés, remarqua Antipatros en reprenant sa course dans le jardin.

* * *

— D'abord les héritiers de Lucifer, ensuite les boutefeux ! On assiste à une véritable renaissance des mondes infernaux ! s'enthousiasma M. Asmodée. Ça signifie que la prophétie…

— Prudence, Asmodée, l'interrompit M. Ubald, la moustache frémissante. Nous devons nous retenir de sauter aux conclusions.

— Ubald a raison, renchérit Antipatros avec son calme habituel. La situation commande de la circonspection. Cependant, l'apparition des boutefeux au cours d'une intervention sur terre relève plus que de la simple coïncidence.

Antipatros avait réclamé ce conciliabule dès leur retour sous terre. Alex y assistait à titre de six cent soixante-sixième Lucifer, même si elle ne se sentait d'aucune utilité. La rencontre se tenait dans la crypte, à l'abri des oreilles indiscrètes.

Entre-temps, dans la grande salle, un jeune démon digne de confiance avait été chargé par M. Ubald de la surveillance des apprentis.

— Est-ce que quelqu'un pourrait m'expliquer ce que sont les boutefeux ? demanda la rouquine en s'appuyant sur une pierre tombale.

M. Ubald caressa sa moustache.

— Il s'agit d'une sous-espèce de démons des profondeurs, experte en châtiments

nécessitant le recours au feu éternel des entrailles de la Terre. On leur doit entre autres le
grand incendie de Rome. On les appelle aussi
familièrement « têtes brûlées » à cause de leur
peau endommagée.

Antipatros poursuivit :

— Au pire, nous les croyions disparus et,
au mieux, recyclés quelque part à la surface. Ils
relèvent normalement d'Azramelech, lui-même
tombé dans l'oubli le plus complet.

— Azramelech ? répéta Alex.

M. Asmodée écarta ses bras puissants en
se raclant la gorge.

— Azramelech signifie en langue démoniaque « le maître du feu intérieur ». C'est l'un
des dignitaires de l'empire infernal et un important destructeur. Je peux vous en parler
puisque, en tant que cuisinier des âmes, fonc-
tion désuète, j'ai longtemps œuvré dans les
abîmes infernaux. J'en discutais avec un apprenti pas plus tard qu'hier.

— Et qu'est-ce que tout ça a à voir avec
la prophétie ? demanda Alex.

— Quelle prophétie ? balbutia M. Asmodée en rougissant.

— Vous aviez commencé à en parler avant qu'on vous interrompe.

M. Asmodée jeta un coup d'œil nerveux à Antipatros.

— Ah oui. Hum… Eh bien, je crois qu'on a besoin de moi aux voxatographes, glapit-il en tournant les talons.

— J'ai un cours sur le maniement de la fourche à préparer, déclara à son tour M. Ubald avant de rattraper son gros collègue.

Les deux suppôts se pressaient vers la sortie lorsque Thomas apparut dans l'encadrement de la porte. Le démon gris salua M. Asmodée et M. Ubald, puis se concentra sur Alex.

— Ah, la voilà ! lança-t-il sur un ton narquois. On est venue admirer sa statue, ô maîtresse ?

La rouquine soupira. Il fallait coûte que coûte qu'elle trouve le moyen de rétablir les ponts avec Thomas. L'adolescent fit le tour de la statue de verre, un rictus au coin des lèvres.

— L'avantage, avec les statues, c'est qu'elles ne peuvent pas se sauver, elles !

Alex, qui se préparait à répliquer, fut étonnée d'entendre Thomas s'adresser à la statue sur un ton plaintif.

— Au moins, toi, tu resteras toujours ici pour veiller sur nous, dit-il en effleurant du bout des doigts le monument transparent.

Il disparut ensuite dans un léger bruissement d'ailes.

Alex en demeura un moment interloquée. Elle se tourna vers Antipatros qui avait assisté à la scène sans broncher.

— Comprenez-vous quelque chose ?

Antipatros plissa les lèvres et changea son parapluie de main. Habituellement stoïque, il avait l'air mal à l'aise.

— Hum ! Vous savez fort bien qu'il n'entre pas dans nos fonctions de révéler nos sentiments.

— J'ai besoin de votre aide ! insista la rouquine. Tout le monde me fait la tête et personne ne m'explique pourquoi. Même vous… oui, vous, Antipatros, semblez sur vos gardes avec moi depuis mon retour.

Le suppôt la regarda droit dans les yeux.

— Permettez-nous de vous résumer la situation à l'aide d'un exemple. Imaginez ceci :

après des mois d'entraînement, vous donnez le meilleur de vous-même au cours d'une compétition, sans toutefois réussir à l'emporter. Lors de la cérémonie de remise des trophées, vous constatez que le vainqueur ne prend pas la peine d'aller chercher son prix. Que ressentez-vous ?

Alex ne répondit pas. La lumière se faisait enfin dans sa tête. Ça n'expliquait pas tout, mais elle comprenait mieux l'attitude générale à son égard.

La rouquine avait été nommée Lucifer 666 pendant une cérémonie spéciale dont le fait saillant avait été l'épreuve de la fourche. Parmi tous les apprentis, elle seule avait réussi à retirer la fourche placée par son prédécesseur dans une enclume.

Alex avait toujours prétendu que c'était une coïncidence, un caprice du hasard. Elle avait nié jusqu'à la dernière minute être l'élue. Et elle doutait encore.

De plus, presque immédiatement après son couronnement, elle était retournée à la surface, et n'était revenue qu'aujourd'hui devant l'insistance d'Antipatros.

En récapitulant les événements, la rouquine se rendait compte qu'elle avait eu le même comportement insouciant que le vainqueur dans l'exemple du suppôt.

— Merci de m'avoir éclairée, Antipatros, murmura-t-elle.

Au même moment, la sirène de la grande salle retentit.

— Un nouveau cas d'intervention à la surface… J'espère qu'ils s'en sortiront mieux que nous, souhaita Alex.

— Nous l'espérons de tout cœur. Sinon, cela voudra dire que nos doutes auront malheureusement été confirmés.

Un instant plus tard, ils retrouvaient un Asmodée débordant d'enthousiasme. Il gesticulait devant un voxatographe dont l'ampoule rouge clignotait tel un gyrophare.

Nicolas se tenait à côté du gros homme. Le regard du démon noir se durcit en apercevant Alex et son visage anguleux se crispa en une moue dédaigneuse.

M. Asmodée se retourna à cet instant.

— Ah ! Admirez cet ingénieux système dont vous nous avez vous-même suggéré les grandes lignes avant votre départ précipité. Les calculatrices des voxatographes étant hors d'usage, nous utilisons la prodigieuse mémoire mathématique de Jacob. Il s'agit de mettre ses mains en contact avec les pièces de verre ou de cristal des appareils et le tour est joué.

Alex examinait la scène d'un œil soupçonneux.

Jacob marmonnait une série de chiffres tout en balançant la tête. Nicolas ricanait dans son coin.

Antipatros toussota :

— Le temps nous fait cruellement défaut, nous vous le rappelons. Les explications de nature technique peuvent attendre, Asmodée. Pas les demandes d'intervention à la surface.

— Vous avez raison, Antipatros. Je m'égarais, comme à mon habitude. C'est le petit démon blond qui a reçu l'appel. Je m'apprêtais à l'escorter là-haut pour plus de sécurité.

Alex vint se placer entre les deux suppôts.

— Non ! C'est moi qui irai ! s'écria-t-elle. Ça pourrait être dangereux. S'il y a un problème en enfer, c'est à Lucifer de s'en occuper, non ? Et Lucifer, c'est moi !

Tous les regards se tournèrent vers elle. Plusieurs visages qu'elle avait vus fermés depuis son arrivée se décrispaient. À sa surprise, le détestable Nicolas opina de la tête.

— Excellent, approuva Antipatros. Nous devons partir sans tarder.

— Un instant, dit Alex. Il me faudrait de l'aide. J'aurais besoin de quelqu'un qui s'y connaît plus que moi en diableries.

— Je vous suggère l'apprenti Nicolas, proposa M. Asmodée. C'est le plus doué des apprentis. Un bon élément lorsqu'il s'en donne la peine. Son caractère s'est beaucoup amélioré.

La rouquine n'en croyait pas ses oreilles. Nicolas, qu'elle avait connu arrogant, suffisant et méchant, se serait amendé ?

— Je pensais plutôt à Thomas.

— Quoi ? Mais… J'en sais pas mal plus que lui ! protesta le démon noir.

« Où peut bien se cacher un démon gris lorsqu'on en a besoin ? » songea Alex qui souhaitait ardemment voir l'adolescent se matérialiser auprès d'elle. Comment parviendrait-elle à renouer avec lui s'il virevolait sans arrêt ?

— Nicolas fera l'affaire, trancha Antipatros. Dirigeons-nous vers l'embarcadère.

Alex le foudroya du regard.

Partir en mission à la surface avec le désagréable démon noir, alors que les boutefeux rôdaient, était la dernière chose au monde qu'elle aurait souhaitée en ce moment.

Ils s'installèrent tous les trois dans un des moelleux fauteuils de l'embarcadère. Antipatros, placé au milieu, servait de rempart de protection entre les deux jeunes ennemis.

Pendant que le fauteuil s'avançait lentement vers l'âtre d'une cheminée avec un bruit d'engrenage, Thomas apparut le long du parcours.

— Vous avez réclamé ma présence, maîtresse ? lança-t-il avec ironie.

« Enfin », pensa Alex.

L'adolescent regarda successivement les trois personnes assises dans le fauteuil. Saisissant l'urgence de la situation, il s'écria :

— Donne-moi ta place, Nicolas !

— Trop tard ! ricana le démon noir.

Avec un bruit métallique, le fauteuil s'inclina telle une benne de camion et déversa ses trois occupants au milieu du feu qui crépitait dans la cheminée.

Une puissante détonation se fit ensuite entendre.

Thomas laissa échapper un juron.

Si au moins il était capable de virevoler jusqu'à la surface… Mais, malgré ses efforts, il ne réussissait toujours pas à s'élever au-dessus de la croûte externe de l'écorce terrestre.

Le démon gris pesta contre ce handicap qui empêchait sa nature diabolique de s'épanouir. Au moins, ses allées et venues dans les entrailles de la Terre lui avaient permis d'en apprendre beaucoup. Et il était peut-être temps de cesser de se cacher !

* * *

— À qui a-t-on affaire cette fois ? demanda Alex en se glissant hors d'un appareil de séchage de format industriel.

Le séchoir trônait au fond d'un hangar obscur où flottait une vague odeur de vieux poisson.

— Un filou d'armateur dont le cargo est retenu à quai depuis deux mois, répondit Nicolas d'un air supérieur. Il en veut aux autorités portuaires, d'après ce que je comprends.

— Le cargo se trouve juste en face de l'immeuble où nous sommes, ajouta Antipatros en extirpant son grand corps de la sécheuse. Il est à souhaiter que nous n'ayons pas à nous mouiller. Les démons détestent l'eau autant que les chats.

— Vraiment ? s'étonna Alex. J'ai pourtant passé la journée dans la mer à faire du surf.

— Ce fut toutefois sans que vos ailes ou votre appendice caudal se déploient, souligna le suppôt.

Le démon noir sauta sur l'occasion pour la narguer :

— Tout le monde sait ça, voyons ! Les démons endurent aisément la chaleur. Même la plus intense. Cependant, l'humidité et l'eau ne nous réussissent pas du tout comme tu l'aurais constaté si tu avais été plus attentive !

— Oh, ça va ! Je n'ai pas de leçons à recevoir de toi ! Et qu'attend-il de nous, ce client sur son rafiot ? demanda-t-elle à Antipatros pour détourner la conversation.

À cet instant précis, une ombre apparut devant les carreaux sales du hangar. Il y eut un bruit mat sur le toit. Presque aussitôt, de la fumée commença à sourdre du plafond. À l'extérieur, la nuit prenait des lueurs rougeâtres. L'odeur de bois brûlé supplantait peu à peu celle du poisson pourri.

— On nous enfume ! s'écria Alex en se précipitant à la fenêtre.

Elle vit une longue silhouette blottie contre le bâtiment voisin. Un bras démesuré s'en détacha. Il semblait tenir une balle de flammes rouge et jaune au-dessus du toit. Puis, comme si tout se déroulait au ralenti, la forme s'arc-bouta, bondit très haut et écrasa la boule de feu contre les bardeaux qui se mirent à flamboyer.

À la lueur des flammes, Alex eut le temps d'apercevoir un visage noirci, des yeux enfoncés et une rangée de dents blanches. « Une vraie tête de mort vivant », constata la rouquine avec un frisson de dégoût.

— Les boutefeux !

Antipatros toussota. Il faut dire que la fumée commençait à être dense dans le hangar.

— N'ayez crainte. Ils ne nous visent pas. L'armateur véreux souhaitait un saccage des structures portuaires pour donner une leçon aux administrateurs du port. C'est ce que les boutefeux sont en train d'accomplir.

— N'empêche qu'ils nous ont encore une fois précédés, grogna la rouquine. J'aimerais bien savoir comment ils font pour connaître nos déplacements.

— Quelqu'un les renseigne, ça c'est sûr, ricana Nicolas.

— Quelqu'un qui a toujours le nez fourré partout et qui sait virevoler, peut-être ? rugit Alex en levant vers lui un doigt accusateur.

— Mais voyons, je suis ici, avec vous, en train de me faire enfumer comme un rat.

— Ça ne prouve rien ! riposta Alex.

— Thomas aussi sait virevoler, lâcha le démon noir avec un sourire méchant. Et je crois que vos relations ne sont pas au mieux.

« C'est vrai, ça, réfléchit Alex avec un soupçon d'angoisse. Comment n'y ai-je pas pensé plus tôt ? »

Le feu qui grondait sur le toit s'intensifiait. Des flammes commençaient à lécher les poutres.

— Rentrons, décréta Antipatros. Notre présence n'est plus requise ici.

Comme s'il n'attendait que ce signal, Nicolas se précipita en criant vers l'appareil de séchage industriel dont ils avaient surgi tantôt :

— Laissez-moi passer !

— Toujours aussi froussard, marmonna Alex en s'écartant.

Le démon noir s'engouffra dans l'immense sécheuse. La détonation habituelle annonçant un départ retentit aussitôt.

— Il ne nous a même pas attendus, pesta Alex.

Le suppôt et elle grimpèrent à leur tour dans la sécheuse, puis fermèrent la porte. Dans leur cas, par contre, il n'y eut pas de détonation.

— Étrange, murmura Antipatros.

Il eut beau placer la pointe de son parapluie à divers endroits, rien n'y fit.

— Ça ne marche plus ? interrogea Alex.

— Le Calorifique semble avoir été désactivé.

— Essayons une autre sécheuse…

— Nous craignons malheureusement que le résultat soit le même.

Le suppôt, d'ordinaire si calme, semblait préoccupé.

— Il se pourrait bien que nous soyons bloqués à la surface !

5

La menace écarlate

Alex ouvrit un œil. La lumière étant trop crue à son goût, elle le referma aussitôt. Elle eut quand même le temps de reconnaître la chambre d'hôtel inondée de soleil que sa mère et elle partageaient depuis deux jours.

— Mademoiselle fait la grasse matinée ?

La rouquine s'étira. La nuit avait été courte et elle avait l'impression d'avoir vieilli de cent ans.

— J'ai envoyé tes vêtements chez le nettoyeur. Ils empestaient la fumée comme si tu avais passé la soirée autour d'un feu de camp.

Alex examina sa mère. Se doutait-elle de quoi que ce soit ? L'avait-elle entendue rentrer au petit matin ?

Toujours bien mise, Mme Di Salvo sirotait un jus d'orange en parcourant des yeux le journal du matin. Son expression ne révélait rien de particulier.

— Quelque chose d'intéressant dans le journal ? s'informa Alex d'une voix mal assurée.

— Attentats, meurtres, scandales, sport… La routine, quoi.

« Pas d'incendies ! » remarqua Alex. Si le port avait été rasé par les flammes durant la nuit, les journaux en auraient parlé. Il est probable que les pompiers étaient parvenus à maîtriser très vite l'élément destructeur. Ou peut-être qu'une pluie soudaine avait limité la progression des flammes, se dit Alex.

Pourtant, ça flambait lorsque Antipatros et elle avaient quitté les lieux, et il n'y avait pas encore de pompiers en vue.

Antipatros avait gardé un silence lugubre pendant le trajet de retour. Pour ajouter à leurs malheurs, l'hôtel était situé assez loin du port. Avant de monter se coucher, la rouquine avait laissé le suppôt à la buanderie de l'hôtel, où il devait s'attaquer à leur problème.

— Veux-tu que j'allume la télévision ? demanda Mme Di Salvo en actionnant la télécommande. Je dois terminer ma toilette.

Alors que la mère d'Alex s'engouffrait dans la salle de bain, un immense nuage de fumée prit forme sur l'écran du téléviseur. Un gros plan de flammes crépitantes lui succéda, puis un plan éloigné où l'on pouvait constater que le port n'était plus que débris.

Alex se précipita sur la télécommande pour augmenter le volume. Le reporter livrait son commentaire sur un ton surexcité :

— Deux quartiers de la ville, un même sort affreux. Après cette nuit infernale, il n'y règne que ruines et désolation. L'enquête a été confiée au service de police régional qui y a affecté douze inspecteurs…

L'image montrait maintenant un quartier résidentiel ravagé. Des débris noircis remplaçaient les maisons. Seul un luxueux manoir au sommet d'une colline semblait avoir échappé au désastre.

— Je n'arrive pas à y croire, murmura Alex.

— Les policiers ont recueilli un certain nombre de témoignages concordants qui pourraient les mener à une piste sérieuse, poursuivait le journaliste.

Le visage d'un homme apparut à l'écran, derrière une barricade de micros tendus. Alex reconnut l'homme à la mince barbe grise qui les avait surpris lors de leur première mission à la surface.

— C'est une fillette et un vieux bonhomme qui ont fait le coup.

Alex eut un hoquet de surprise et changea de chaîne.

— Ça va ? lança sa mère du fond de la salle de bain.

— Oui ! La chaîne météo annonce une journée superbe.

— À la bonne heure ! Nous pourrons profiter de notre dernière journée au bord de la mer, déclara sa mère en revenant, pimpante, dans la chambre.

Encore sous le choc, Alex se rendit dans la salle de bain d'un pas lourd.

Elle sentait peser sur ses frêles épaules tout le poids du monde.

Sa mère lui sourit.

« Pauvre maman, se dit-elle. Sourira-t-elle autant quand elle verra la photo de sa fille, menottes aux poignets, en première page du journal ? »

* * *

Antipatros Léonidas était posté à l'entrée du restaurant, appuyé sur son parapluie.

Alex fit comme si elle ne le connaissait pas mais, lorsque leurs yeux se croisèrent, elle comprit qu'ils devaient de toute urgence avoir une conversation.

Mme Di Salvo se dirigea vers lui d'un pas rapide.

— Une table près de la fenêtre, s'il vous plaît !

Il ne manquait plus que ça. Avec ses airs de majordome, sa mère avait confondu Antipatros avec le maître d'hôtel.

Un moment interdit, le suppôt s'inclina gracieusement.

— Veuillez me suivre.

Antipatros les conduisit à une table pour

deux avec vue sur la mer. Il avança leurs chaises et déplia même leurs serviettes de table.

— Votre serveuse sera là dans un instant, annonça Antipatros avant de s'éclipser dans une dernière courbette.

En s'étirant le cou, Alex put le voir s'engager dans le corridor menant aux toilettes.

— Quel service courtois, commenta Mme Di Salvo en s'emparant du menu.

— Il faudrait que j'aille au petit coin…

Alex se rendit aux toilettes au pas de course. Antipatros l'attendait près des cabines téléphoniques.

— Le Calorifique est bel et bien hors d'usage, déclara-t-il sans autre préambule. Nos tentatives sont restées vaines, que ce soit dans des sécheuses, des cheminées, des poêles ou des fours.

— Sûrement un coup de cet abruti de Nicolas. Bizarre, non, que la panne soit survenue juste après son départ ?

— Nous y avons songé. Mais rien ne garantit que l'apprenti Nicolas soit arrivé à destination. Il est peut-être resté coincé dans le Calorifique.

« Tant mieux pour lui », eut envie de dire la rouquine.

— Avez-vous regardé la télé ?

Antipatros opina sèchement. Il n'avait pas dû apprécier se faire traiter de vieux bonhomme.

— Et vous, jeune Alex, avez-vous lu le journal ?

Antipatros lui tendit l'édition du jour, repliée à la section des sports.

Alex parcourut rapidement la manchette :

« Trois joueurs quittent le match sans raison. L'équipe de basket est toujours sans nouvelles d'eux. »

Sous le titre apparaissaient les photos des trois joueurs. L'une d'entre elles fit sursauter la rouquine.

— Je le reconnais ! C'est le boutefeu qui a failli nous faire flamber la nuit dernière. Même peau ravagée, mêmes yeux creusés, même dentition de cheval.

— Nous avions remarqué, acquiesça Antipatros.

— Les boutefeux seraient des joueurs professionnels de basket ?

— Nous avions entendu dire que certains de leurs descendants s'étaient réorientés dans ce sport, étant donné leur taille et leur souplesse. À défaut de mieux, permettez-moi d'essayer de les retracer.

— Et qu'est-ce que je fais, moi ?

Antipatros jeta un rapide coup d'œil aux alentours.

— Demeurez discrète. Il ne faut surtout pas qu'on nous voie ensemble en plein jour. Retrouvons-nous à la tombée de la nuit. Allez, votre maman doit s'impatienter.

— Je crois qu'elle se doute de quelque chose, glissa Alex, pensive.

— Assurément, acquiesça le suppôt. N'est-elle pas rentrée après vous, cette nuit ?

— Après moi ? Vous en êtes sûr ?

Antipatros souleva un sourcil.

— Nos yeux ne nous ont encore jamais trompé !

Alex avait tellement fait attention pour retourner à son lit sans bruit qu'elle n'avait même pas regardé le lit voisin. Comment aurait-elle pu présumer que sa mère n'y était pas ?

— Pauvre maman, murmura Alex, la gorge serrée. Elle devait me chercher partout et être morte d'inquiétude.

— Ce n'était pas notre impression. Elle conversait aimablement avec une très vieille dame lorsque nous l'avons croisée dans le hall. Nous avons trouvé cette situation fort étrange. Voici votre mère, justement ! À ce soir ! souffla le suppôt avant de disparaître dans les toilettes des hommes.

Alex reconnut le pas pressé de sa mère qui se rapprochait. Elle se retourna en se tenant l'abdomen à deux mains.

— Qu'est-ce qu'il y a ? Es-tu malade ? s'inquiéta Mme Di Salvo.

— Je ne sais pas, grimaça Alex. Ça gargouille dans mon ventre.

— Tu as avalé trop d'eau de mer. Aujourd'hui, tu resteras sur la plage, statua sa mère.

« Ah non ! » protesta silencieusement Alex. S'il fallait attendre jusqu'à la nuit avant d'agir, autant patienter sur une planche de surf.

* * *

L'apprenti Nicolas l'avait échappé belle. Le Calorifique avait cessé de fonctionner alors qu'il était encore à l'intérieur. C'est sur les genoux et en proie à une vive colère qu'il avait franchi les derniers mètres le séparant de l'écran de feu et du débarcadère.

Il aurait deux mots à dire à une certaine personne lors de leur prochaine rencontre. À cause d'un manque flagrant de synchronisme, il avait failli demeurer prisonnier du Calorifique.

« Raison de plus, avait-il décidé, pour ne plus jamais employer ce ridicule moyen de transport juste bon pour les suppôts et les minables comme cette petite démone rouge. »

Au moins, il était débarrassé d'elle et de cet escogriffe d'Antipatros pour un bon moment.

Le démon noir ajusta sa cape sur ses épaules en s'assurant que ses ailes n'étaient pas entravées par le tissu. Il importait dorénavant de soigner son image. Il était installé sur un fauteuil à l'écart, sous un porche, loin du brouhaha de la salle. Il est vrai que les suppôts étaient dans tous leurs états en raison de la panne du Calorifique.

— Ah ! fit-il en apercevant l'apprenti Thomas s'approcher, escorté de deux démons noirs.

Nicolas redressa le buste pour donner un peu plus de majesté à sa personne.

— Merci, messieurs. Ce sera tout, lança Nicolas aux démons noirs.

Thomas les regarda s'en aller, un sourire narquois sur les lèvres.

— Tu nous envoies chercher par tes sbires maintenant ?

Nicolas agita la main comme s'il écartait une mouche.

— Tu peux ranger tes menaces voilées. Je n'ai qu'une question à te poser et, selon la réponse, peut-être un service à te demander.

— Pose toujours !

Nicolas serra les dents. Il n'aimait pas du tout cette insolence. Il dut faire un effort pour garder un ton détaché.

— Au cours de tes nombreuses promenades dans notre merveilleux royaume souterrain, ne serais-tu pas tombé par hasard sur une galerie ou un ascenseur pouvant mener à la surface ?

— Pourquoi veux-tu savoir ça ? s'enquit le démon gris d'un air méfiant.

Nicolas épousseta sa cape pour le simple plaisir de faire languir Thomas.

— Puisque le Calorifique est hors d'usage, je cherche une autre solution pour le bien de la communauté. Or, la plupart d'entre nous ne savent pas ou ne peuvent pas virevoler.

Le démon gris n'essaya pas de cacher son incrédulité.

— Non, je n'ai pas vu de galerie ou d'ascenseur pouvant mener à la surface, répondit-il en croisant les bras.

— Un ascenseur souterrain serait idéal, dit Nicolas.

— Les ascenseurs, c'est pour les anges, répliqua Thomas.

Les anges se servaient en effet des ascenseurs de la même manière que les démons utilisaient les sécheuses.

— Justement, qui sait quand ils auront besoin de remonter à la surface ? Serait-il possible de dénicher rapidement un ascenseur de ce type ?

Le démon gris réfléchit un moment.

— Explique-moi. Tu peux virevoler mieux que moi. Qu'est-ce qui t'empêche de t'en charger?

— C'est que je risque d'être fort occupé au cours des prochaines heures.

Thomas trouvait ce Nicolas très sûr de lui. Un peu trop. Il avait hâte de découvrir ce qu'il manigançait.

— Et qu'est-ce que ça me rapportera? demanda-t-il.

Le démon noir se leva avec lenteur et écarta les bras d'un geste théâtral.

— D'importants bouleversements sont à prévoir sous terre, clama-t-il. Peut-être assisterons-nous à un changement de régime. Il y a toujours beaucoup à gagner lorsqu'un nouveau pouvoir s'installe... ou à perdre, ajouta-t-il en fixant son interlocuteur.

— Je vois, commenta Thomas, nullement impressionné même si l'assurance de son collègue l'intriguait au plus haut point. Tu me parais bien certain de ton coup. Tu dois posséder des informations privilégiées qu'Alex...

Le visage de Nicolas se tordit en une grimace affreuse en entendant le nom de la fille.

— Les jours de cette fille sont comptés ! hurla-t-il. L'étau se resserre autour d'elle et de son misérable suppôt.

Une lueur d'inquiétude dans le regard de son interlocuteur fit hésiter le démon noir. Il se ressaisit aussitôt. Il n'était pas question de tout dévoiler à ce démon gris. Moins il en saurait, plus il serait utile.

— Ce que je voulais dire, se reprit Nicolas, c'est que, à cause de la panne du Calorifique, on ne la reverra pas de sitôt ici. Et il faudra peut-être songer à lui trouver un remplaçant parmi les apprentis…

— Et tu voudrais que ce soit toi, n'est-ce pas ? lança Thomas, narquois. Ça pourrait être moi, aussi. Y as-tu pensé ?

Les yeux du démon noir se rétrécirent. Cette idée ne semblait pas lui plaire du tout.

— D'accord, accepta alors Thomas, content de son effet. Je vais voir ce que je peux faire.

Lui aussi savait des choses, mais il gardait ses informations pour lui. Peut-être que, le moment venu, il pourrait s'en servir pour manipuler ce prétentieux de Nicolas. Le manipulateur manipulé : ce concept lui plaisait bien.

Sans saluer, le démon gris pivota en agitant ses grandes ailes sombres et disparut.

— Pauvre idiot, cracha Nicolas en se rassoyant dans son fauteuil à la manière d'un monarque dans son trône. Toi aussi tu ramperas bientôt à mes pieds.

* * *

Alex s'examina dans le miroir de la salle de bain et se déclara satisfaite du résultat. Elle avait enfilé un nouveau maillot et elle voulait s'assurer que ses ailes et sa queue étaient toujours invisibles.

Étrangement, alors qu'elle pouvait les toucher, ces appendices ne semblaient avoir aucun volume dans l'air, donc aucun contour détectable. Elle en était bien contente.

Si au moins elle pouvait s'en servir pour virevoler. Le problème du transport sous terre ne se poserait plus. Elle pourrait retourner en enfer chercher de l'aide, tenter de trouver qui avait fermé le Calorifique et pour quelle raison. N'importe quoi pour aider Antipatros.

Elle allait déployer ses ailes pour tenter un petit décollage lorsqu'on frappa à la porte de la chambre.

— Probablement tes vêtements qu'on rapporte de chez le nettoyeur, s'écria sa mère. Je m'en occupe !

Alex l'entendit retirer la chaîne de sécurité puis entrouvrir la porte.

— La petite est-elle là ? chuchota une voix enrouée avec un très fort accent.

Alex se figea.

— Oui, elle est revenue vers quatre heures ce matin, répondit sa mère d'une voix à peine audible.

— Lui avez-vous parlé ?

— Pas encore, il faut lui donner du temps. À moi aussi, d'ailleurs. Je n'ai pas cessé de songer à ce que vous m'avez annoncé.

— Elle doit connaître sa destinée sans tarder. On se revoit plus tard. *Adios !*

Alex ouvrit d'un coup sec la porte de la salle de bain. Elle put entrevoir une employée de l'hôtel, une brune courte sur pattes, s'éloigner d'un pas vif avant que sa mère referme la porte de leur chambre.

— Tes vêtements sont revenus, lança Mme Di Salvo, enjouée.

Alex avait eu le temps de surprendre son regard. Ses yeux étaient rouges et affolés. Elle aurait voulu crier qu'elle avait tout entendu, mais elle fut incapable d'émettre un son. Une angoisse sourde lui étreignait la gorge.

Pourquoi devait-elle connaître sa destinée sans tarder ? Et pourquoi sa mère semblait-elle si paniquée ? Elle lui cachait certainement quelque chose de grave !

L'esprit pratique d'Alex prit le dessus. « Qu'est-ce qu'une employée d'hôtel peut bien savoir de ma destinée ? » se demanda-t-elle.

Elle ne voyait vraiment pas le rapport. Il y avait peut-être un lien, par contre, avec cette vieille femme discourant avec sa mère et entrevue par Antipatros durant la nuit. Les deux femmes se connaissaient-elles ? Étaient-elles complices ? Si oui, dans quelles manigances voulaient-elles l'entraîner ?

Alex avait la ferme intention de poser toutes ces questions et bien d'autres en sortant de la salle de bain. Cependant, le visage fermé de sa mère l'en dissuada. Elle décida donc d'attendre un moment plus propice.

À plusieurs reprises au cours de la journée, elle fut sur le point d'aborder le sujet en utilisant toutes sortes de détours. Toutefois, à chaque occasion, les mots refusèrent de quitter sa bouche. Comment pouvait-elle reprocher à sa mère de lui cacher des choses alors qu'elle-même menait une double vie ?

Mme Di Salvo multiplia les sourires et les attentions, mais Alex sentait bien qu'elle faisait d'immenses efforts pour que tout semble normal. La journée parut donc interminable, d'autant plus qu'à cause de ses prétendus maux de ventre la rouquine s'était vu interdire ses séances de surf.

L'événement le plus remarquable fut l'arrivée d'une superbe jeune femme qui vint étendre sa serviette près d'elles sur la plage. Les hommes faisaient des détours pour la contempler. La fillette s'avoua elle aussi impressionnée.

Mme Di Salvo, habituellement réservée avec les étrangers, se mit à discuter à bâtons rompus avec la baigneuse. Elles parlèrent du soleil, de la chaleur, du service à l'hôtel. De tout et de rien, quoi.

Décidément, il se passait bien des choses étranges dans l'entourage de sa mère.

* * *

Sous terre, l'apprenti Thomas soupesait ses options, non sans inquiétude. Ce prétentieux de Nicolas tramait assurément un mauvais coup. Une chose était certaine, les événements se bousculeraient sous terre au cours des prochaines heures, et il ne fallait surtout pas rester à l'écart de l'action.

Une phrase prononcée par Nicolas inquiétait le démon gris. « Les jours de cette fille sont comptés », s'était-il vanté. Thomas souhaitait qu'il n'arrive rien de fâcheux à la rouquine et au grand suppôt. Si apprendre qu'Alex était confinée là-haut ne l'avait pas attristé outre mesure, la savoir en danger était fort différent.

Thomas haussa les épaules. Il n'avait pas à se sentir coupable. Ce qui devait être dit avait été dit, peut-être un peu trop rudement, il devait l'admettre. Peu importe, il avait choisi sa voie, à lui de la suivre à présent. Cependant, il maudissait cette mystérieuse contrainte qui l'empêchait de virevoler jusqu'à la surface. Si les déplacements du démon gris dans les entrailles de la Terre étaient limités en altitude, rien n'entravait leur fréquence.

Thomas avait virevolé durant une heure, couvrant un rayon de cinq cents kilomètres. Il n'avait découvert que des fissures, des crevasses et des cavernes sans issue. Il croyait bien devoir rentrer bredouille lorsqu'il se rematérialisa dans un corridor souterrain inconnu.

À ses pieds, une rivière de lave courait en bouillonnant et en creusant le sol à la manière d'un petit canyon. Les parois de cette gorge brillaient d'une couleur orange métallique qu'assombrissaient çà et là des nuages de fumée noirâtre.

Ébahi, Thomas vit une tête, puis des épaules, émerger de la rivière de roches en fusion.

— Ça vient, ça vient, ne me bousculez pas ! gargouilla une voix étouffée.

— Qu-quoi ? bégaya Thomas.

— Qui est là ? siffla la voix.

— Thomas, apprenti de la section comptable des enfers, répondit le démon gris.

Le buste de lave s'enfonçait. Manifestement, l'adolescent n'avait pas donné la bonne réponse.

— Et vous ? osa l'apprenti alors que la tête allait être submergée.

— Azramelech, entendit-il murmurer à travers le bouillonnement. Mais je ne fais que passer.

« Ah bon ! » songea Thomas en voyant une vague cramoisie recouvrir toute trace de la créature de lave.

Il contempla la surface rougeoyante. Fallait-il s'inquiéter de cette étrange apparition ? Même si à aucun moment il ne s'était senti menacé, son instinct lui criait que oui.

Thomas pivota lentement et se mit à battre des ailes de plus en plus vite. Il sentit son corps commencer à se dématérialiser.

Quelles aventures il avait vécues en si peu de temps ! Si sa vie continuait d'être aussi remplie, nul doute qu'il gagnerait une fortune avec ses mémoires.

Le mot « fortune » fit jaillir une étincelle dans sa tête. Le rythme de ses battements d'ailes ralentit.

Il se souvenait maintenant d'avoir entendu parler d'une grande banque dont la chambre forte bardée de fer et de béton était située vingt étages sous terre. La banque du milliardaire de Chastelain.

Un détail scintillait dans sa mémoire : dans cette banque, même les ascenseurs étaient blindés. Des ascenseurs se rendaient donc tout en bas.

Ses ailes recommencèrent à bourdonner.

* * *

L'apprenti Nicolas avait réclamé une réunion d'urgence dans la crypte. Tout le monde s'était déplacé, sauf l'archange Bébhel qui continuait à ruminer au dortoir et deux démons noirs occupés à surveiller les voxatographes.

Depuis le bris du Calorifique, seuls les démons noirs étaient capables de se rendre à la surface. Nicolas avait donc suggéré de leur confier les appareils au cas où une intervention en chair et en os serait nécessaire.

Les apprentis étaient placés en demi-cercle autour de la statue d'Alex. Nicolas, que la vue de cette statue rendait presque malade, s'était installé un peu en retrait de façon à ne pas l'avoir dans son champ de vision.

— Remerciez l'apprenti Thomas, disait Nicolas, car, grâce à lui, nous pouvons envisager de demander aux anges déchus de libérer les héritiers qu'ils ont enfermés aux treizièmes étages des grands édifices.

Lors du conflit précédent, les troupes de l'archange Bébhel avaient mis la main sur plus de mille huit cent quarante jeunes démons qu'elles avaient aussitôt fait disparaître de cette façon. En effet, à cause d'une tenace superstition, ces étages n'étaient pas censés exister.

— J'ai cru qu'un peu d'aide serait bienvenue avec toutes les tuiles qui nous tombent sur la tête, expliqua le démon noir avec des airs de bon élève.

— Je crois qu'Antipatros caressait l'idée de libérer les apprentis perdus, admit M. Asmodée. Il n'a jamais été question de faire appel aux anges, cependant. J'ignore s'il approuverait, mais comme les événements se bousculent… Qu'en pensent les anges déchus ?

— C'est une excellente idée, approuva Séraph en frétillant des ailes. N'est-ce pas, Chéru ?

— Excellente, Séraph. Nous pourrons

prouver que nous sommes de bons anges. Maîtresse Alexandra sera fière de nous !

Nicolas se mordit les lèvres.

Il faillit leur crier que cette fille n'avait rien à voir là-dedans, que c'était son idée et qu'il comptait bien qu'elle lui revienne à lui seul. Cependant, il se retint. L'enjeu était trop important. Il leur réglerait bientôt leur compte, à ces zigotos à plumes.

— Thomas vous accompagnera, annonça Nicolas en désignant le démon gris d'un geste théâtral.

Thomas opina prudemment de la tête. Son rôle était crucial dans cette affaire. Il devrait jouer d'adresse pour ne pas se retrouver à son tour prisonnier au treizième étage d'un quelconque édifice.

Nicolas sourit, chose qui ne lui arrivait pour ainsi dire jamais. Avec une patience qu'il ne se connaissait pas, il plaçait un par un ses pions sur l'échiquier. S'il parvenait à garder le contrôle de la partie jusqu'à la fin, sa victoire serait magistrale.

Thomas s'éclipsa en entraînant avec lui les deux anges surexcités.

— Allez, et ne me décevez pas, murmura le démon noir dès qu'ils furent partis. Et vous, ordonna-t-il sèchement à deux démons verts qui traînaient toujours dans le coin, déplacez-moi cette horreur contre le mur pour que je ne la voie plus.

D'un doigt griffu, Nicolas montrait la statue d'Alex.

Les deux apprentis s'attelèrent à la tâche. Pendant que l'un poussait, le second tirait. Centimètre par centimètre, la statue bougeait.

« Ce serait plus simple de lui régler son cas à coups de masse », songea le démon noir. Mais l'heure des réjouissances et des excès n'avait pas encore sonné.

Jacob, le jeune autiste et plieur de verre que M. Asmodée avait oublié de ramener aux voxatographes, se mit à hurler et à se frapper la tête.

— Et empêchez-le de se décerveler, celui-là ! On a besoin de lui !

6

Basket
infernal

Alex s'était couchée tôt en prétextant encore de lancinants maux de ventre. Sa mère l'avait imitée une heure plus tard et la rouquine était depuis ce temps à l'écoute de sa respiration. Elle guettait l'instant où le souffle de sa mère, devenu régulier, indiquerait qu'elle s'était endormie.

Épuisée par les péripéties de la nuit dernière et les tensions de la journée, Alex ne se rendit même pas compte que sa propre respiration s'apaisait. Et c'est sans le vouloir qu'elle sombra dans un sommeil agité où des démons en bikini armés de ballons de basket-ball en feu la poursuivaient dans les méandres du Calorifique.

Le bruit d'une porte qu'on referme doucement la tira de son sommeil.

Le réveil affichait vingt-trois heures. Ouf ! Elle avait failli filer jusqu'au matin alors qu'il y avait tant à s'occuper cette nuit. Alex s'étira le cou pour s'assurer que sa mère dormait.

Le lit voisin était vide ! Sa mère l'avait battue à son propre jeu ! La voyant endormie, elle en avait profité pour sortir en douce, comme Alex l'avait fait hier et comme elle se proposait de le refaire ce soir. « Telle mère, telle fille », pensa Alex.

Le temps de glisser sa casquette sur sa tignasse rousse et sur ses petites cornes, elle avait quitté la chambre à son tour. À l'autre bout du corridor, les portes de l'ascenseur se refermaient.

Alex se précipita dans l'escalier le plus proche, qu'elle dévala jusqu'au rez-de-chaussée. Elle pénétra dans le hall d'entrée juste au moment où Mme Di Salvo empruntait la porte menant au stationnement extérieur.

La rouquine sortit elle aussi de l'hôtel. Elle avait l'intention de suivre sa mère, mais se ravisa en la voyant monter dans leur voiture et démarrer en trombe.

Alex était perplexe. Qui sa mère allait-elle rencontrer cette nuit ? La vieille dame ? L'employée de l'hôtel ? La fille de la plage ? Pourquoi pas les membres d'une société secrète, tant qu'à y être ? Alex frémit. Se pouvait-il qu'il y ait un rapport avec ce qui se produisait sous terre ?

— Il se passe décidément des choses bizarres par ici, soupira-t-elle en se laissant choir sur un banc.

— Ne m'en parlez pas, bougonna une voix fatiguée à ses côtés.

Un petit monsieur vêtu d'un survêtement de travail usé serrait dans ses bras un ballon de basket vert et blanc. Du menton, il indiqua un parc voisin de l'hôtel.

— Encore ces jeunes ! grogna l'homme au ballon. Quatre fois déjà que je les avertis que le terrain de basket ferme à vingt-deux heures. Ça dérange les clients de l'hôtel, vous savez. Peu importe, ces sacripants reviennent toujours.

Alex avait entrevu ce terrain en revenant de la plage. Il se trouvait presque sous les fenêtres de l'hôtel.

— Ils veulent me rendre fou, c'est certain. Ils rappliquent dès que je tourne le coin du mur. Je n'ai plus l'âge de jouer au chat et à la souris.

L'homme la regarda soudainement avec méfiance.

— Vous ne jouez pas au basket, au moins ?

— Euh, oui, mais pas en ce moment.

D'un geste rageur, l'homme lança le ballon dans une poubelle.

— Voici ce que je fais de leur ballon, moi.

Alex le vit pénétrer dans l'hôtel en continuant de pester contre toute cette jeunesse irresponsable.

Elle s'apprêtait à aller lui dire sa façon de penser lorsque Antipatros surgit entre deux grands cèdres d'une haie qui protégeait l'entrée. Après avoir jeté un coup d'œil prudent aux alentours, celui-ci lui fit signe d'approcher.

— Marchons un peu. Là, derrière, nous serons à l'abri des regards.

Alex le suivit avec empressement dans une étroite allée de pierraille qui entourait l'hôtel.

Le suppôt marchait lentement en effleurant les cailloux de la pointe de son parapluie. Il avait l'air préoccupé. La rouquine se demandait bien ce qui pouvait le perturber.

— Il est temps de vous parler de la prophétie, jeune Alex.

Elle ralentit l'allure, intriguée.

Le suppôt se racla la gorge avant d'attaquer son récit :

— Il s'agit d'une vieille superstition associée au nombre six cent soixante-six. Depuis toujours, le triple six fait couler beaucoup d'encre, et non seulement pour ses intéressantes caractéristiques mathématiques. Certains devins et autres diseurs de bonne aventure lui ont fait, au fil des ans, une sinistre réputation, non méritée si vous voulez notre humble avis.

Antipatros hésita avant de poursuivre.

— Toutefois, une prédiction ressurgie de l'oubli laisse entendre que la venue du six cent soixante-sixième Lucifer provoquerait le désordre et l'anarchie. Un terrible chaos régnerait sur la Terre. Bref, le monde ne serait plus jamais le même.

« Malheureusement, les récents événements survenus à la surface comme sous terre incitent plusieurs d'entre nous à tenir pour acquise cette vision apocalyptique des choses. »

— Mais... c'est moi, Lucifer 666 ! s'écria Alex.

Antipatros lui indiqua de se taire en plaçant un doigt devant sa bouche.

— Et tout ça serait ma faute ? chuchota Alex. Je veux dire... qu'est-ce que j'ai à voir avec le retour des boutefeux et ces incendies ?

— Sachez qu'il ne faut jamais prendre les prophéties au pied de la lettre ni en faire une affaire personnelle. Un autre apprenti aurait été désigné Lucifer 666 à votre place et cette série d'incidents aurait sans doute eu lieu. À moins que quelqu'un désire spécifiquement dénigrer votre travail.

Alex fulminait :

— C'est à cause de moi, peut-être, la panne du Calorifique ? Et cette vague de chaleur qui persiste, c'est ma faute aussi ?

— Cette chaleur, vous avez raison, n'a rien de normal, remarqua Antipatros. Elle continue de monter du sol. Nous subodorons une grande perturbation au plus profond des abîmes infernaux. Pour une raison qui nous échappe encore, l'équilibre des forces souterraines a été une nouvelle fois modifié.

Le cœur d'Alex se serra. Elle revit les visages apeurés de ses camarades apprentis défiler dans sa tête. Leur image se brouilla et celle de la face grimaçante du démon noir s'imposa.

— Je suis sûre que Nicolas est dans le coup ! décréta-t-elle avec rage.

— Une hypothèse que nous avons envisagée mais, malgré des dons certains, cet apprenti n'a ni la puissance ni l'envergure requises pour entraîner des bouleversements si profonds.

— Et Azra-Machin, le patron des boutefeux ?

— Azramelech ? Sûrement. Et c'est ce qui nous inquiète.

Alarmée, Alex posa sa menotte sur le bras d'Antipatros. Elle avait appris à ne pas prendre les pressentiments du suppôt à la légère.

— De Chastelain ! s'écria Alex.

Antipatros toussota poliment.

— Fort peu probable…

— Vous ne comprenez pas, Antipatros ! Ses puissantes foreuses pourraient nous amener sous terre comme elles l'ont déjà fait. On lui emprunte ses machines et, coucou, nous revoici en enfer malgré le Calorifique brisé ! Il n'est peut-être pas trop tard pour étouffer la nouvelle menace souterraine.

Antipatros sembla soupeser un instant la suggestion.

— Le jeu en vaut la chandelle… finit-il par déclarer. Il nous faudrait agir dès ce soir, cependant.

Alex s'était mise à renifler l'air.

— Parlant de chandelle, ne sentez-vous pas cette odeur de fumée ?

Ils s'immobilisèrent, à l'affût.

— Ça vient de l'autre côté ! cria Alex.

Elle se précipita dans cette direction, une sinistre appréhension lui nouant la gorge.

Au détour du mur, elle se buta le nez contre un truc mou et poilu de la taille d'un tronc d'arbre. En y regardant de plus près, elle constata avec horreur qu'il s'agissait d'une jambe humaine de proportion démesurée. Pas de doute, c'étaient des…

— Boutefeux !

Alex recula d'un pas. Trois boutefeux étaient placés à quelques mètres d'intervalle le long du mur de l'hôtel, leurs grands bras étirés au-dessus de leur tête brûlée comme s'ils allaient réussir un panier. Mais, au lieu d'un ballon, c'est une boule de feu que s'apprêtaient à lancer leurs gigantesques mains sur les balcons du deuxième étage.

— C'est l'étage de ma chambre ! dit Alex en assénant un vigoureux coup de pied dans les tibias du monstre contre lequel elle s'était cognée.

La rouquine releva la tête. Les trois boutefeux, leur boule de feu à la main, étaient penchés sur elle et la fixaient avec leurs immenses yeux cernés. Ils étaient encore plus laids que sur leurs photos. La peau de leur visage ressemblait à celle d'une dinde oubliée trop longtemps au four.

La voix d'Antipatros lui parvint, rassurante, à travers la forêt de jambes.

— N'ayez crainte, leur rôle est de mettre feu aux structures, pas aux êtres vivants. Ils ne donnent jamais directement la mort.

— Mais ils veulent faire brûler l'hôtel qui est bondé de clients. Ça risque de provoquer une véritable hécatombe. Il faut les en empêcher !

Alex serra ses petits poings et menaça les boutefeux.

— Vous ne vous en prendrez pas à tous ces clients innocents, bande d'escogriffes. Si c'est moi que vous voulez, venez me chercher !

Les trois boutefeux échangèrent un regard inexpressif. Puis, au bout d'un moment, leur attention se fixa de nouveau sur l'hôtel. Dans leurs grandes mains, les flammes de leurs boules de feu s'intensifièrent.

« Je ne semble guère les intéresser, constata Alex. Antipatros a raison. Tout ce que désirent ces crapules à semelles de caoutchouc, c'est mettre le feu à l'hôtel. »

Les têtes brûlées allaient tourner les talons lorsqu'un projet désespéré prit forme dans le crâne de la rouquine.

— Je vous propose un défi : vous contre nous au basket !

Une étincelle s'alluma dans le regard terne des boutefeux.

— Si nous gagnons, vous laissez l'hôtel tranquille, d'accord ? Ainsi que ma mère. On veut la paix, est-ce que c'est clair ? Si vous gagnez… tout flambe !

Les boutefeux balançaient leurs carcasses d'un pied à l'autre. Le marché de la rouquine ne leur rapporterait pas grand-chose. Il aurait été difficile à Alex et au suppôt de les retenir de mettre le feu à toute la Terre s'ils le voulaient. Cependant, leur passion pour la compétition était aussi forte que leur instinct de boutefeux.

— Il y a un terrain juste à côté. Venez ! lança Alex d'un ton enjoué.

Les trois boutefeux pivotèrent en même temps.

« Ils mordent à l'hameçon, se dit la rouquine. Il s'agit à présent de les ferrer. »

* * *

Le revêtement du terrain de basket était crevassé et les paniers avaient perdu leurs filets depuis longtemps, mais les lieux conviendraient amplement.

— Pourriez-vous poser ces machins par terre pour nous éclairer un peu ? demanda Alex aux boutefeux.

Ils déposèrent sagement leurs sphères de flammes en bordure du terrain. Leurs yeux paraissaient hypnotisés par le ballon de basket que la rouquine avait récupéré dans la poubelle.

— Nous présumons, jeune Alex, que vous savez ce que vous faites, murmura Antipatros en plaçant son veston bien plié près de son parapluie.

— Je vous nomme arrière. Vous êtes grand, pas autant qu'eux, bien sûr, alors tâchez de bloquer le filet. Moi, je m'occupe de l'attaque !

Sans jamais quitter le ballon des yeux, les trois boutefeux se livraient à leurs étirements d'avant-match. La tête du plus grand d'entre eux effleurait le panier.

« Il va falloir déployer tous tes talents, ma belle », songea Alex en se rendant au cercle central.

— La première équipe qui marque dix fois gagne, s'écria-t-elle en lançant le ballon très haut dans les airs.

Deux secondes et sept dixièmes plus tard, le ballon traversait l'anneau de leur panier sans avoir retouché le sol après une série de passes étourdissantes. Antipatros et elle n'y avaient vu que du feu, c'est le cas de le dire.

Le suppôt revint lentement vers elle en portant le ballon.

— Nous présumons toujours que vous savez ce que vous faites.

— Ça devrait aller, le rassura Alex. À notre tour d'attaquer.

Elle se faufila en dribblant entre les jambes d'un premier adversaire et prit son élan devant un deuxième à la hauteur du demi-cercle. Elle parcourut ensuite en planant la zone des buts et glissa le ballon dans le panier sous le nez du dernier boutefeu.

Les capricieuses ailes d'Alex s'étaient déployées, cette fois. Bien qu'invisibles, elle les sentait palpiter dans son dos.

La rouquine laissa échapper un « yahou » victorieux en atterrissant, ce qui n'eut pas l'heur de plaire à ses opposants. Leur sang de joueurs de basket professionnels devait bouillir dans leurs veines. Être déjoués ainsi par une fille de douze ans devait être dur à avaler.

« Tant pis pour eux », se dit Alex. Étant eux-mêmes à demi démons, les boutefeux auraient dû s'attendre à un coup fourré de sa part.

Leur riposte ne tarda pas.

Le plus grand d'entre eux traversa le terrain en deux puissantes enjambées et chargea le panier avec rage. Il y enfonça le ballon et resta suspendu à l'anneau durant quelques secondes. Lorsque ses doigts lâchèrent prise, des flammes couraient le long de l'acier.

Ce n'est pas cette manière de marquer qui déplut à la rouquine, mais la facilité avec laquelle le boutefeu avait contourné Antipatros comme s'il avait été un vulgaire épouvantail à moineaux.

— Il faudra rapidement trouver une façon de les contrer, Antipatros ! Si chaque équipe marque à tour de rôle, ce sont eux qui gagneront !

Son longiligne compagnon cachait mal son désarroi. Sans son parapluie, il semblait dépourvu de moyens.

Alex soupira. Il lui faudrait imaginer seule une solution. Pour l'instant, elle avait à nouveau le ballon et les boutefeux fonçaient sur elle.

Ce fut moins facile, cette fois. Cependant, grâce à quelques zigzags et acrobaties aériennes, elle marqua à son tour.

Plus la partie avançait, plus ses adversaires jouaient avec hargne et rudesse.

Vint le moment fatidique où neuf buts avaient été comptés de chaque côté. La balle était donc dans le camp des boutefeux. S'ils marquaient, ils obtenaient le droit de mettre le feu à l'hôtel.

— Changeons de place, Antipatros.

Le suppôt acquiesça en silence et vint se placer devant les trois monstres.

En dernier recours, la rouquine se proposait de voltiger autour de son panier afin d'intercepter le ballon, mais les risques de blessures étaient élevés. Sentant la victoire au bout de leurs doigts, ses adversaires écraseraient tout sur leur passage.

— Considérez-vous comme salués, messieurs, dit calmement Antipatros en soulevant son chapeau melon.

Une rangée de dents blanches éclaira le visage des boutefeux. Ils savouraient déjà leur triomphe.

— Nous avons bien hâte de rencontrer maître Azramelech, poursuivit Antipatros. Il est en route, je crois. Comme nous le connaissons, il doit progresser rapidement vers la surface en voguant sur ses coulées de magma, n'est-ce pas ?

En dépit de leur taille impressionnante, les boutefeux eurent l'air d'enfants surpris en train de planifier un mauvais coup. Ils se regardèrent sans trop savoir comment réagir.

— N'est-ce pas ? répéta Antipatros.

Celui qui tenait le ballon entre ses larges mains fit un timide « oui » de la tête, ce qui lui valut un violent coup de coude du plus grand. Il en échappa le ballon.

Alex comprit aussitôt la stratégie du suppôt. Elle s'apprêtait à foncer de toutes ses forces pour s'emparer du ballon quand le troisième boutefeu le récupéra.

— Ça aurait pu marcher, maugréa-t-elle. Bel effort, Antipatros !

Cependant, les deux premiers boutefeux se regardaient toujours en chiens de faïence. Le plus grand voulut écarter l'autre de son chemin d'une poussée. Mal lui en prit, car son coéquipier lui sauta à la gorge.

Le troisième boutefeu décida alors d'intervenir pour les séparer. Comme il avait besoin de ses deux mains pour tenir les adversaires à l'écart, il commit l'erreur de déposer le ballon par terre.

Antipatros le saisit et marcha d'un pas digne vers la zone des buts.

Alex vit les longs doigts du suppôt se crisper sur le ballon lorsqu'il le lança d'un geste gracieux. Le ballon tomba directement dans le panier.

— Allons maintenant rendre visite à M. de Chastelain, suggéra Antipatros en se retournant.

7

Le feu intérieur

Dissimulée sous l'un des nombreux gratte-ciel du milliardaire, la chambre forte de la banque de Chastelain était bel et bien située vingt étages sous terre. Elle était protégée par d'épais murs de béton armé renforcés par un assemblage de plaques, de poutres et de tiges d'acier indéformables. Elle était réputée inviolable.

Pourtant, l'apprenti Thomas s'y rematérialisa sans aucune difficulté. Il frémit devant l'éblouissant spectacle des étalages de lingots disposés en rangées autour de lui.

— Raté ! J'aurais dû me concentrer davantage.

Le démon gris ferma les yeux et recommença à agiter ses ailes pendant que son corps effectuait un léger mouvement rotatif.

Quelques secondes plus tard, il réapparaissait dans l'habitacle restreint d'un ascenseur aux portes et aux murs couverts d'un métal luisant qui lui renvoyait son image.

Thomas s'adressa à son reflet déformé.

— Parfait ! Au tour des anges, maintenant !

Le démon gris ignorait qu'il avait déjà été repéré par le détecteur de mouvement de la chambre forte, puis par la caméra de surveillance dissimulée dans le plafond de l'ascenseur. Il virevola de nouveau pour rejoindre Séraph 3583 et Chéru 48479, qu'il avait laissés dans une crevasse le long des fondations de la banque.

Les deux anges paraissaient épuisés. Leurs robes étaient sales et déchirées par endroits.

Thomas avait dû les mener de fissure en crevasse et de caverne en cheminée souterraine,

rencontrant en route poches de gaz et gise-
ments divers. Ils avaient malgré tout réussi à se
frayer un chemin jusqu'aux étages inférieurs
de la banque.

— Quelle est cette odeur, tout à coup?
demanda Séraph, intrigué.

— Cette puanteur, précisa Chéru en se
pinçant le nez.

Thomas, qui n'avait été absent que quelques instants, indiqua un point au-dessus
d'eux.

— Voyez-vous ce tuyau noir? Il sert à
l'évacuation des eaux usées vers ce réservoir. Je
crois qu'il est relié à une machine qui trans-
forme les déchets, euh… organiques en éner-
gie. Comme vous le constatez, il y a des fuites.
Je me suis dit qu'on pourrait vous faire passer
par là…

Les deux anges échangèrent un regard
effaré.

— Tu veux qu'on pénètre dans ce châ-
teau fort par… ses toilettes?

— Il n'en est pas question! protesta
Chéru. On est peut-être déchus, mais on n'est
pas des déchets!

Thomas maugréa. Il n'était pas dans ses intentions d'échouer si près du but à cause des caprices de ces ouistitis emplumés. Il prit une grande inspiration et grimaça. Les anges avaient raison sur un point : les gaz qui s'échappaient de cet endroit étaient une grave insulte à l'odorat.

Les gaz ? À moins que les narines du démon gris le trompent, une vague odeur de soufre se mêlait maintenant aux effluves pestilentiels.

L'apprenti se pencha sur le rebord de la corniche.

D'agressives fumerolles grimpaient vers lui mais, à travers elles, il pouvait apercevoir tout en bas un bouillonnement orangé.

— De la lave ? Ici ? s'étonna le démon gris.

L'espace entre les fondations et le roc se remplissait rapidement de cette matière en ébullition. Thomas remarqua qu'elle semblait suivre le chemin qu'ils avaient eux-mêmes parcouru pour arriver ici.

— Il se passe vraiment des choses bizarres sous terre !

— Quoi ? Qu'est-ce qu'il y a ? demandèrent en chœur Séraph et Chéru en s'étirant le cou pour mieux voir.

Les anges clignèrent aussitôt de l'œil et s'évanouirent.

« Ces vapeurs sont mortelles pour les non-démons, s'alarma l'adolescent. Il faut les tirer de là ! Il faut NOUS tirer de là ! »

Thomas s'apprêtait à s'élancer vers le tuyau nauséabond afin de le rompre en se servant de son poids lorsqu'il se rendit compte que la lave avait ralenti sa progression.

Au contact de la lave, le béton s'effritait et fondait comme un carré de sucre arrosé de café. L'élément destructeur devait être en train de saper les fondations de la banque, songea le démon gris.

Soudain, avec fracas, un grand pan de ciment se détacha de l'édifice et glissa dans le bain mouvant, provoquant une fontaine d'éclaboussures écarlates.

Thomas recula pour éviter d'être arrosé. Quand il put contempler à nouveau la scène, il ne put en croire ses yeux ! La lave venait de créer une issue presque à sa hauteur. En un seul bond, lui et les anges seraient sauvés. Et ils pénétreraient ainsi dans la banque.

L'adolescent agrippa solidement les deux anges inconscients par le bras.

— Stop ! lui intima une voix qui paraissait amplifiée par un haut-parleur.

Thomas se figea.

À l'intérieur du bâtiment, à travers les tiges tordues et les morceaux de mur arrachés, le démon gris eut la désagréable surprise de découvrir une rangée de canons d'armes à feu.

— Nous tenons les intrus, criait dans un émetteur-récepteur portatif l'un des agents de sécurité. Ils ont fait sauter les fondations du vingtième sous-sol avec… avec… des gaz ! Attention, ils utilisent des…

Une puissante toux empêcha le gardien de terminer sa phrase.

Stupéfait, l'adolescent vit les canons pointés sur lui vaciller. Puis les agents qui les braquaient s'effondrèrent, victimes des gaz exhalés par la lave.

Thomas, comme mû par un ressort, cala Séraph et Chéru sous ses bras et bondit à l'intérieur de la banque. Il atterrit sans trop de mal au milieu des gardiens étendus. Lorsqu'il se redressa, il aperçut devant lui les portes ouvertes de l'ascenseur blindé. Il y transporta les anges, puis revint chercher les agents de sécurité.

* * *

Dans la section comptable des enfers, l'arrivée soudaine de lave avait aussi créé tout un émoi. Elle s'était mise à jaillir des interstices du plancher de la grande salle et des cages d'escalier. Les fourneaux, poêles et fours de l'embarcadère vomissaient des coulées de roches en fusion.

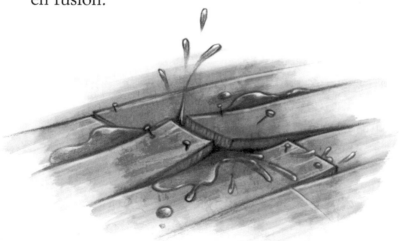

Affolés, les apprentis avaient tout abandonné pour aller se réfugier dans la crypte, la partie la plus élevée de cette section des enfers.

M. Asmodée et M. Ubald s'apprêtaient à soulever l'un des voxatographes avec l'intention de sauver au moins une des machines de cette catastrophe lorsque Nicolas les stoppa d'un signe.

Une silhouette flamboyante venait de surgir de derrière un pilier.

L'être recouvert de liquide enflammé se dirigeait vers eux en laissant des marques noires sur le plancher, là où ses pieds brûlants s'étaient posés.

— Ah ! Azramelech ! s'écria M. Asmodée en s'éloignant du voxatographe. Ça explique bien des choses ! Content de vous revoir après toutes ces années !

La voix rauque du gros homme se voulait enjouée. Cependant, le tressaillement de sa joue trahissait son anxiété.

L'être de lave inclina légèrement sa tête sans visage.

À défaut de pouvoir serrer la main du nouveau venu, M. Ubald leva son melon.

— J'ai beaucoup entendu parler de vous, maître du feu intérieur. Que nous vaut votre visite ?

Azramelech regarda l'apprenti Nicolas. Un pli apparut sur la partie inférieure de son visage.

— Il ne vous a pas prévenus de ma visite ? siffla la créature.

— Euh, c'est que, enfin, je ne voulais pas les alarmer… bégaya le démon noir.

— Nous vous sentions tout près, maître, intervint M. Asmodée, mais nous ne nous attendions pas à cette… cette attaque, si vous me permettez l'expression.

L'être de feu fit un geste apaisant de la main.

— Sois sans crainte, Asmodée. Les enceintes infernales ne devraient pas être endommagées outre mesure, à l'exception, peut-être, du Calorifique. Nous avons besoin de ses conduits pour notre projet, l'apprenti Nicolas et moi.

Un lourd silence accueillit cette révélation.

— Donc, la panne du Calorifique, c'est

vous ? articula M. Ubald. Et l'apprenti Nicolas était au courant et n'a rien dit ?

Tous les regards se tournèrent vers le démon noir qui, par prudence, s'était rapproché de l'homme de lave.

La moustache de M. Ubald frissonna de dégoût :

— Vous nous avez dupés, apprenti. Nous avons pourtant cru en vous.

Un rictus méprisant déforma le visage de Nicolas.

— Ah ! et puis j'en ai assez de cette mascarade ! Oui, c'est MOI qui suis allé chercher l'aide d'Azr…

Un chuintement l'interrompit.

— De maître Azramelech !

— De maître Azramelech, pardon ! C'est MOI qui l'ai convaincu de l'urgence de réparer l'injustice commise à mon égard. Ensemble, nous avons élaboré un plan qui fera de MOI… euh.. de NOUS… les seigneurs de l'enfer.

Les deux suppôts contemplaient l'apprenti d'un œil incrédule.

— Est-ce bien suffisant pour inciter le

maître du feu intérieur à quitter les abîmes ? demanda M. Asmodée.

— Vous oubliez la prophétie ! souffla l'être de lave.

— Le six cent soixante-sixième Lucifer et tout ça ? Oui, très intéressant, dit M. Ubald en tortillant sa moustache. Je n'ai jamais cru qu'elle se réaliserait vraiment.

— Mais elle est en train de se réaliser, bande d'inconscients ! hurla Nicolas. Ne comprenez-vous pas ?

« Un courant de magma pur est en train de remonter du centre de la Terre en empruntant toutes les avenues souterraines imaginables. Et, à mon signal, il gagnera la surface par l'entremise du Calorifique. Oui, votre Calorifique ! Les sécheuses du monde entier cracheront bientôt des coulées de lave destructrices.

« Je vous laisse imaginer ce qui s'ensuivra : incendies, explosions, ravages… Le chaos, quoi. "Le monde ne sera plus jamais le même", prétend la prophétie. Et qui en profitera ? Nous, qui prospérons toujours dans le désordre et l'anarchie ! »

Le démon noir semblait survolté. Prêt à s'envoler.

Les suppôts comprenaient à présent que la menace était sérieuse. Bien qu'ébranlé, M. Asmodée réussit à dissimuler son émotion derrière son habituelle bonne humeur.

— Voilà un merveilleux projet, gloussa le gros homme, mais le monde a beaucoup changé depuis votre dernière visite sur terre, maître Azramelech.

Le personnage écarta ses bras de feu.

— N'en as-tu pas assez, Asmodée, de ce triste univers ? N'aimerais-tu pas retrouver l'enfer d'antan avec ses hordes de pécheurs rôtissant doucement pendant que les démons leur piquent les fesses ?

— Le monde a changé, répéta M. Asmodée avec un sourire amer.

— C'est ce que nous allons voir ! grinça Nicolas. Vous, suppôts, commencez donc par obéir ! Préparez la crypte pour une nouvelle cérémonie de résurrection. La dernière a été une duperie au cours de laquelle le mauvais héritier a été couronné.

Les deux suppôts restaient immobiles,

estomaqués devant tant de diabolique audace. Comme ils ne bougeaient pas, Azramelech secoua la main, faisant gicler un chapelet de gouttes de lave fumante à leurs pieds.

— Allez, sinon vous cuirez ! dit-il avec un chuintement sinistre.

8

Les apprentis perdus

— Vous désirez parler à Richard-Jules de Chastelain III ? C'est à quel sujet ? s'enquit la téléphoniste d'une voix nasillarde et impersonnelle.

Alex se demanda si elle avait affaire à un robot.

— Euh… C'est urgent et personnel, répondit Alex.

— M. de Chastelain est très occupé.

— Dites-lui qu'Alex des enfers a téléphoné.

— Desenfers en un seul mot ?

Alex allait rétorquer lorsque le ton de la téléphoniste changea du tout au tout :

— Je vous le passe tout de suite.

— Combien voulez-vous ? lança brusquement une voix d'homme.

Alex reconnut le timbre acéré de Richard-Jules de Chastelain III. Elle adressa un signe de victoire à Antipatros, puis elle réalisa l'étrangeté de la question de l'homme d'affaires :

— Comment ? Que voulez-vous dire ?

— Je savais que vous ne me laisseriez pas en paix après ce qui s'est produit l'autre jour. Qu'attendez-vous de moi ?

Alex retrouvait là l'homme d'affaires habitué à aller droit au but. Elle décida d'agir de même.

— Je voudrais vous emprunter une de vos foreuses géantes.

Un silence pesant se fit dans le téléphone. Craignant un refus brutal, la rouquine éloigna le récepteur de son oreille.

La réponse vint finalement, sèche mais surprenante.

— Ça devrait pouvoir s'arranger. Rendez-vous devant ma banque.

Richard-Jules de Chastelain III raccrocha. Revenue de sa surprise, Alex se tourna, triomphante, vers Antipatros.

— Il suffisait de demander, quoi !

Ça lui avait semblé si facile. Trop, peut-être ?

Elle avait l'impression que quelque chose d'important lui échappait.

* * *

L'heure de vérité avait sonné pour l'apprenti Thomas.

L'ascenseur blindé des sous-sols de la banque de Chastelain grimpait à une vitesse vertigineuse. Même si tous les boutons étaient illuminés, l'appareil ne donnait pas l'impression de vouloir stopper sa course folle. La cabine vibrait de plus en plus et se remplissait peu à peu d'une légère poussière blanche.

Debout au milieu des corps des agents de sécurité, Séraph et Chéru allaient visiblement mieux. Leur peau pâlissait et leurs ailes se remplumaient à vue d'œil. Toute la saleté accumulée au cours de leur remontée mouvementée vers la surface se dissipait, semblant nettoyée par la clarté ambiante.

— Le trois mille cinq cent quatre-vingt-troisième séraphin et le quarante-huit mille quatre cent soixante-dix-neuvième chérubin sont de retour ! s'exclama Séraph.

— Et ce n'est pas trop tôt, approuva Chéru, ce qui ajouta à l'inquiétude de Thomas.

On allait maintenant voir si les anges s'en tiendraient à leur part du marché ou si, comme le craignait l'adolescent, ils en profiteraient pour prendre la poudre d'escampette.

— Crois-tu que tous nos pouvoirs sont revenus ? s'enquit Chéru en examinant ses mains.

— J'ai bien envie de vérifier. Tu permets, Thomas ? demanda Séraph en levant le doigt vers lui.

Thomas ouvrit la bouche pour protester, mais un jet lumineux jaillissait déjà de la main de l'ange.

Les dernières pensées du démon gris, avant de tomber dans un profond sommeil, furent : « Adieu mission ! Adieu apprentis ! Les anges nous font faux bond ! »

* * *

L'autobus fonçait dans les rues du centre-ville. Le trajet s'était plutôt bien déroulé jusqu'ici, en dépit des réserves d'Antipatros qui n'avait jamais utilisé ce moyen de transport.

L'autobus freina brusquement et la voix du chauffeur s'éleva :

— Tout le monde descend ! On ne peut pas continuer, c'est bloqué.

Les passagers se dirigèrent en maugréant vers les sorties. Alex pestait contre ce nouveau coup du sort. Elle se demandait comment le suppôt et elle pourraient bien respecter le rendez-vous fixé par le milliardaire. Elle n'avait plus un sou en poche et ne connaissait pas le quartier.

Le chauffeur l'interpella :

— Eh ! la petite ! Tu veux aller à la banque de Chastelain ? C'est juste là.

— Merci, soupira-t-elle, soulagée.

Antipatros la précéda dans les marches de la sortie. Elle vit son grand corps se crisper au fur et à mesure qu'il descendait. Lorsqu'elle posa à son tour le pied sur le trottoir, elle s'aperçut que l'autobus était entouré par une centaine de policiers armés, portant casques à visière et boucliers métalliques.

— Vous êtes cernés ! cracha un mégaphone en même temps qu'on braquait un puissant projecteur sur eux.

* * *

— Trois minutes ! s'exclama Séraph. C'est bien, non ?

Thomas voulut ouvrir les yeux, mais la lumière était trop forte. À travers ses paupières mi-closes, il constata que les deux visages penchés au-dessus de lui semblaient eux aussi composés de cette texture éblouissante.

— Je suis sûr de pouvoir faire trente minutes. J'ai envie d'essayer, dit Chéru.

— Par pitié ! Non !

Le démon gris se releva d'un coup sec avant que le chérubin ait pu mettre son projet à exécution.

— J'aime mieux rester éveillé, les gars, si vous le permettez.

L'adolescent croisa les bras devant son visage afin de protéger ses yeux. Il distinguait à peine les parois de l'ascenseur dans la blancheur aveuglante. À leurs pieds, les agents de sécurité n'avaient pas encore repris conscience.

Les deux anges regardaient Thomas avec un drôle d'air.

— Nous arrivons à l'étage perdu, le fameux treizième, révéla Séraph. Puisque les treizièmes étages sont reliés entre eux, ça ne devrait pas être difficile d'y retrouver les apprentis, surtout que nous avons recouvré notre apparence coutumière. Les anges gardiens nous laisseront passer sans problème.

Thomas n'était pas certain de comprendre.

— Vous… vous voulez dire que… On va toujours chercher les apprentis ?

— Bien sûr ! Une parole d'ange est une parole d'ange, expliqua Séraph.

— Et puis on ne veut pas déplaire à notre maîtresse, ajouta Chéru.

— Non, bien sûr, approuva le démon gris.

Les contours des anges devinrent flous. L'apprenti s'aperçut qu'il pouvait même voir à travers eux, par endroits, comme s'ils étaient à présent constitués d'air plus que de chair.

— Vous devrez nous attendre ici.

— Oui, parce qu'un démon, au ciel, c'est plutôt voyant.

* * *

— Qu'est-ce qui se passe ici ? demanda avec autorité un jeune cadre à lunettes en se frayant un chemin parmi les policiers.

Un agent, un mégaphone à la main, vint à sa rencontre.

— Ah, c'est vous, monsieur de Chastelain. Excusez ce brouhaha devant votre banque. Nous tenons enfin les incendiaires du port et du quartier du manoir.

Le milliardaire contempla avec surprise Alex et Antipatros qui, les bras en l'air au milieu de tous ces agents surexcités, tentaient de comprendre eux aussi.

— Le chauffeur d'autobus nous a avisés de la présence, à bord de son véhicule, de deux personnes correspondant à la description des suspects.

Alex avala avec peine.

— Vous ne pouvez pas arrêter ces gens, capitaine, dit Richard-Jules de Chastelain d'une voix ferme.

— Co-comment ? balbutia le policier.

— Pas maintenant, en tout cas, poursuivit le milliardaire. Leurs complices s'en sont pris à ma chambre forte. Ces deux-là venaient pour négocier une sorte de rançon.

Le suppôt et Alex échangèrent un regard interrogatif.

— Ce sombre individu est sans doute leur chef ! protesta le policier.

— Détrompez-vous, capitaine, intervint de Chastelain. Je sais, pour avoir déjà fait affaire avec eux, que c'est la fillette qui tire les ficelles.

Le policier examina le couple étrange que formaient le grand suppôt et la rouquine à casquette.

— Et vous affirmez qu'ils venaient parlementer avec vous ?

— Négocier une sorte d'échange… répondit sèchement Richard-Jules de Chastelain qui détestait se répéter. Au lieu de cerner cet autobus, capitaine, qu'attendez-vous pour encercler ma banque ? Leurs complices sont encore à l'intérieur…

Le policier claqua des talons et colla le mégaphone contre sa bouche.

— Déployez-vous autour de la banque de Chastelain, vous autres.

Comme pris d'un doute soudain, le policier couvrit l'extrémité du mégaphone avec sa main.

— Êtes-vous certain qu'on ait vraiment réussi à pénétrer dans votre chambre forte ? Elle est réputée inviolable !

De Chastelain grinça des dents.

Le capitaine voulut s'excuser, mais de Chastelain avait déjà tourné les talons. Désemparé, le policier s'adressa à ses hommes d'un ton mauvais.

— Escortez les suspects à l'intérieur de la banque, hurla-t-il dans son mégaphone. Et ne les lâchez pas d'une semelle !

Alex sentit un contact froid et dur dans son dos. Un agent se servait de son bouclier métallique pour la faire avancer vers l'entrée de la banque de Chastelain.

La rouquine se retourna, le visage en feu, pour lui dire sa façon de penser. Le policier s'avéra cependant être une policière. Des mèches de cheveux blonds émergeaient de son casque. À travers sa visière, Alex distingua des traits fins, crispés en un air peu commode.

Du coin de l'œil, elle vit que deux policiers encadraient Antipatros. Ils lui retiraient son parapluie et lui passaient des menottes. Le suppôt semblait trouver cette situation extrêmement fâcheuse.

Alex fut poussée sans ménagement jusqu'à l'intérieur de la banque. Une dernière bourrade de la policière l'envoya s'étendre de tout son long sur le parquet du vaste hall.

La rouquine se redressa, rouge de colère, en replaçant sa casquette.

De Chastelain eut un sourire mauvais.

— Il est temps que j'aie une conversation privée avec vos prisonniers. J'en ai pour une minute. Ils seront à vous ensuite.

— Volontiers, s'empressa de répondre le capitaine. Toi, tu ne les quittes pas des yeux ! intima-t-il à l'agente zélée.

Richard-Jules de Chastelain changea de ton dès qu'il fut seul avec la rouquine et son compagnon.

— Vous voulez ma perte ? s'indigna-t-il.

Alex et Antipatros le contemplèrent avec étonnement.

— Ma réserve de lingots d'or ! Envolée en fumée ! Tous mes étalages de ce précieux métal fondus et absorbés par cette satanée lave. Il y en avait pour cinq cent soixante-dix-sept millions de dollars. Pourquoi détruire mon or ? Je ne comprends pas.

L'homme d'affaires semblait au bord de la crise de nerfs.

— C'est moi qui ne comprends rien à ce que vous racontez, protesta Alex. Votre or ne nous intéresse pas. Nous, ce qu'on veut, c'est une foreuse géante pour redescendre sous terre.

De Chastelain la contempla, incrédule.

— Vous voulez dire que c'est simplement pour trouver une foreuse géante que ton ami aux ailes grises et les deux anges se sont introduits dans ma banque ?

— Thomas, Séraph 3583 et Chéru 48479 sont ici ? s'enthousiasma Alex.

— Ils ÉTAIENT ici. Car, après avoir détruit MON or, ils se sont servis de MON ascenseur pour monter au ciel.

— Au ciel ? répéta Antipatros, un sourcil relevé.

— Le ciel ou l'enfer, peu m'importe, ragea le milliardaire. En détruisant ma réserve de lingots, vous avez ébranlé les fondations de mon empire et vous allez le payer cher !

Le timbre sonore annonçant l'arrivée des ascenseurs résonna dans le hall.

L'un d'entre eux laissait échapper une forte lumière alors que ses portes, fermées, étaient secouées de violentes vibrations. Un vacarme métallique s'amplifiait de seconde en seconde, jusqu'à devenir assourdissant.

— À vos armes ! hurla de Chastelain pour couvrir le chahut. Les cambrioleurs sont sans doute à bord.

Il y eut un dernier bruit métallique et les portes s'écartèrent.

Le hall fut aussitôt inondé d'une lumière aveuglante.

Se protégeant les yeux avec la visière de sa casquette, la rouquine put distinguer de nombreuses formes émergeant de toute cette blancheur crue.

De jeunes démons qu'elle ne connaissait pas sortaient de l'ascenseur. Puis d'autres et d'autres encore. Ils avançaient dans le hall en ouvrant de grands yeux sur tout ce qui les entourait, y compris les policiers déstabilisés. Un petit démon bleu s'approcha timidement d'Alex.

— Est-ce que c'est ici, l'enfer ? C'est toi, Lucifer ?

— Êtes-vous certain qu'il s'agisse de vos cambrioleurs ? demanda le capitaine en jetant un coup d'œil perplexe à de Chastelain.

Le milliardaire observait, bouche bée, les jeunes démons se répandre dans le hall, fournée après fournée, comme si l'ascenseur était sans fond.

— Ce sont les apprentis qui étaient enfermés aux treizièmes étages ! s'écria Alex. Thomas et les anges ont réussi à les rescaper.

— Une véritable opération de sauvetage, opina Antipatros sans se départir de son flegme habituel.

Le capitaine estimait déjà à plusieurs centaines les enfants qui les entouraient.

— J'aimerais entendre vos explications, monsieur de Chastelain. Cette jeune fille parle d'enfants emprisonnés aux treizièmes étages.

— Ce sont des démons, vous le voyez bien, s'emporta l'homme d'affaires. Ils ont des cornes et des ailes, et cette jeune fille, comme vous dites, est leur chef.

— C'est vrai pour les cornes et les ailes, capitaine, fit remarquer un policier, les deux mains crispées sur son arme. Et les plus grands ont des queues fourchues…

— Restons calmes, ordonna le capitaine d'une voix tremblotante.

Les portes de l'ascenseur se refermèrent avec un grincement sinistre. La foule d'enfants se sépara pour laisser passer Thomas et les deux anges. Ils étaient suivis d'une demi-douzaine d'agents de sécurité qui avaient l'air tout heureux de se retrouver là.

Alex se précipita vers les nouveaux arrivants.

— Séraph 3583 ! Chéru 48479 ! lança-t-elle en les embrassant. Vous êtes redevenus aussi beaux qu'avant !

Les deux anges en rosirent de contentement.

— Beau travail, ajouta-t-elle en se tournant vers Thomas. Vous arrivez à point.

— ÇA SUFFIT ! hurla Richard-Jules de Chastelain. Arrêtez-moi tout ce beau monde !

— Mais ils nous ont sauvés d'une mort certaine, osa dire un des agents de sécurité. Sans eux, on serait morts asphyxiés au vingtième sous-sol.

L'homme d'affaires le fixa d'un œil cruel.

— Emparez-vous d'eux !

Les agents et les policiers se mirent aussitôt à rassembler les jeunes démons comme s'il s'agissait de bétail.

Alex sentit de nouveau le contact du métal froid dans son dos.

— J'aurai le plaisir de t'escorter personnellement, ricana la policière en la bousculant avec son bouclier.

La rouquine fut projetée contre Thomas, qui passa un bras protecteur autour de ses épaules.

— Je te dois des excuses, chuchota l'adolescent. Je n'ai pas été très gentil avec toi.

— Non, c'est à moi de me faire pardonner, s'empressa de le contredire la rouquine.

— Je crois que je t'en voulais de nous avoir abandonnés si vite.

— J'ai mal agi, admit Alex en baissant les yeux. Toutes ces responsabilités m'ont paru trop lourdes pour mes petites épaules. J'avais peur de ne pas être à la hauteur. D'ailleurs, je me demande bien comment on va se sortir de cette situation. Je nous imagine mal prendre la fuite par l'ascenseur, nous sommes bien trop nombreux.

— De toute façon, murmura Thomas, l'ascenseur ne pourrait pas descendre plus bas. La lave a déréglé le mécanisme. C'est pour cette raison qu'on a atterri ici.

Séraph s'interposa :

— Utilisons nos pouvoirs, maîtresse ! Ils nous sont revenus.

— Nous pourrions endormir ou paralyser les policiers, renchérit Chéru.

— Hum, marmonna Alex. Avec tous ceux qui nous attendent à l'extérieur et les renforts qui s'en viennent, ça fait beaucoup de monde à endormir ou à paralyser. Et ça ne règle pas le problème du transport des apprentis.

— À moins que… Les enfants, s'écria Thomas, prenez la main de votre voisin. Vous aussi, les anges! Antipatros et Alex, imitez-moi. Bon, tout le monde se tient bien la main?

Un brouhaha lui parvint en guise de réponse. Les jeunes démons obéissaient sans rechigner.

Thomas se pencha pour chuchoter à l'oreille d'Alex.

— On va essayer quelque chose qui n'a sans doute jamais été tenté dans les annales de l'enfer.

— Quoi? demanda-t-elle.

— Virevoler en groupe!

Alex ouvrit la bouche pour protester mais l'adolescent, l'air espiègle, s'adressait de nouveau aux apprentis.

— Battez des ailes. Vite! De plus en plus vite!

Le hall de la banque se remplit du bourdonnement de milliers d'ailes.

— Fais pareil, Alex, et concentre-toi! Tout le monde bat des ailes au maximum? Tournez-vous de cette façon, maintenant. Attention, à trois, vous donnez un bon coup de hanche. Un !

— Arrêtez-les, bougres d'idiots ! hurla de Chastelain.

— Deux !

La policière agrippa Alex par le coude et la tint serrée contre elle comme pour s'assurer qu'elle ne lui échapperait pas.

— Trois !

Dans un gigantesque bruissement d'ailes, les mille huit cent quarante-cinq apprentis libérés, ainsi que Thomas, Alex, les anges et la policière, disparurent.

Dans le hall de la banque ne restaient plus que de Chastelain, une douzaine d'agents de sécurité et de policiers ahuris, quelques plumes voletant entre ciel et terre et… Antipatros !

— Tenez-le bien, celui-là, lança le capitaine en reprenant ses esprits. Je me doutais bien qu'il était leur chef !

9

Le lac de lave

Nicolas n'avait pas mis de temps à asseoir sa domination sur la section comptable des enfers. Il faut dire que la présence intimidante d'Azramelech lui avait procuré ce qui lui manquait auparavant pour exiger du groupe une obéissance parfaite : la menace.

Seuls les démons noirs avaient désormais le droit de s'approcher des voxatographes, à l'exception du plieur de verre qu'on avait enchaîné aux appareils à cause de sa stupéfiante mémoire mathématique. Le jeune garçon avait réagi en hochant violemment la tête et en scandant des séries de nombres compliqués.

Le reste des apprentis était déjà réuni dans la crypte en attendant la nouvelle cérémonie de résurrection. Tout en surveillant les jeunes démons, M. Asmodée et M. Ubald ne cessaient de lancer à Nicolas des regards lourds de reproche.

Le démon noir ricanait. Dès qu'on l'aurait élu Lucifer 666, les suppôts verraient vraiment de quel bois il se chauffait.

« En fait, songea Nicolas, il faudrait un autre nom pour cette cérémonie. » Il s'enthousiasma : « Nous pourrions nommer ce rituel la cérémonie de la reconnaissance. La reconnaissance de mon immense et diabolique talent ! »

Une lueur vive, captée du coin de l'œil, lui apprit qu'Azramelech venait de surgir dans la crypte.

— Le Calorifique est-il prêt à entrer en action, cher maître du feu intérieur ? demanda Nicolas sans même se retourner.

Le nouveau venu vint se placer à côté de Nicolas, qui dut se déplacer de quelques centimètres tellement la chaleur dégagée par le corps d'Azramelech était intense.

— Mes boutefeux sont ici, annonça l'homme de lave de sa voix basse et chuintante. Ils n'attendent plus que votre signal. Mais assurez-vous que ça ne traîne pas trop. La patience n'est pas une de leurs qualités. Ni l'une des miennes, d'ailleurs.

Nicolas replaça soigneusement le col de sa cape. Il n'aimait pas du tout le ton qu'employait cet Azramelech depuis son arrivée dans la section comptable des enfers.

Cet être de lave avait aussi intérêt à montrer patte blanche. En effet, une fois confirmé dans ses fonctions de Lucifer, le démon noir trouverait bien un moyen de renvoyer cette torche humaine mariner dans le bouillon fumant des abîmes pour l'éternité.

— M-Maître Azramelech, N-Nicolas !

Jérémie surgit tout essoufflé de l'escalier reliant la grande salle à la crypte.

— L'apprenti T-Thomas et les anges sont d-de retour, dit-il en reprenant son souffle. Ils ramènent les apprentis per… les apprentis per… les apprentis per…

— Ah! ça va! On a compris, imbécile!
Pas besoin de t'énerver à ce point.

— Ils sont des m-milliers. Ils ont tous
v-virevol… v-virevol…

— Ils ont virevolé jusqu'ici?

— Tous? s'écrièrent M. Ubald et M. Asmodée, qui n'avaient rien perdu du résumé de
Jérémie.

Il fallait généralement quelques centaines
d'années pour réussir les déplacements en
groupe.

— Il y a aussi une po-policière avec eux.
Mais p-personne ne la connaît.

— Allons voir ce prodige, siffla Azramelech avant de les précéder dans l'escalier.

Ils débouchèrent presque en même temps
dans la grande salle. La vaste enceinte n'avait
jamais paru si pleine.

Il y avait de jeunes démons partout. La
nuée d'enfants excités et rieurs se répandait déjà
entre les rangées de pupitres, dans les corridors
et jusque dans les salles attenantes. Ils semblaient
fort heureux de découvrir leur nouveau domicile.

Toujours aussi émotif, M. Asmodée essuya
une larme. M. Ubald, tortillant sa moustache,

paraissait avoir hâte d'accueillir cette fournée d'élèves.

Nicolas s'approcha de Thomas qui s'était accoudé au pupitre le plus proche. Il avait l'air exténué.

— Bien réussi, collègue, déclara-t-il avec une pointe d'ironie dans la voix. Vous, les démons gris, n'êtes pas si mal, finalement.

Alex émergea à cet instant du groupe d'apprentis perdus, escortée par les deux anges qui la suivaient comme des chiens de poche.

En apercevant la rouquine, les yeux de Nicolas rapetissèrent jusqu'à devenir une fente. Son visage se tordit en une affreuse grimace pendant que ses doigts s'ouvraient et se refermaient telles les serres d'un rapace s'apprêtant à lacérer sa proie.

Le démon noir se tourna vers Thomas, le regard fou.

— ELLE !… Tu as osé la ramener ici ? Espèce de…

Mais avant que la colère de Nicolas ne s'abatte sur le démon gris, un bref chuintement se fit entendre.

— C'est elle, l'usurpatrice ?

Alex sursauta. Elle n'avait jamais rencontré un tel être.

— C'est qui, celui-là ? lança-t-elle sur un ton moqueur. On dirait l'homme invisible qui aurait trop joué avec des allumettes.

Jérémie pouffa, aussitôt imité par les anges.

Les flammes entourant Azramelech virèrent au rouge le plus intense.

Nicolas eut une grimace sinistre :

— Celui-là, petite sotte, est l'un des plus puissants seigneurs des enfers, que j'ai convoqué pour m'aider à prendre la place qui m'est due… la tienne !

— Il n'y a qu'un seul usurpateur, ici, et c'est toi, Nicolas, protesta Alex.

Le démon noir ne put se contenir davantage.

— Emparez-vous d'elle ! hurla-t-il, la bouche déformée par la rage. Et de ses anges également, avant qu'ils trouvent un moyen de nous nuire.

Trois hautes silhouettes surgirent de nulle part et emprisonnèrent Alex, Séraph et Chéru dans leurs bras démesurés recouverts de croûtes carbonisées.

— Ah non, pas encore eux ! pesta la rouquine.

Elle avait beau se démener, elle n'arrivait pas à se dégager. Les anges non plus.

Tordant le cou vers le plafond, Alex défia du regard le boutefeu qui la retenait. Un rictus à longues dents blanches illumina le visage du géant qui resserra aussitôt son étreinte.

Alex échappa un cri de douleur.

— Lâchez-la, s'écria Thomas en levant les poings.

Le démon noir s'approcha de lui et lui mit la main sur l'épaule.

— Cher Thomas, dit-il avec un sourire hypocrite. Ne t'inquiète pas, je me montrerai généreux envers toi.

Le regard d'Alex, chargé d'incrédulité, bondit de l'un à l'autre plusieurs fois avant de se fixer sur Thomas.

— Tu es de mèche avec lui ?

— Ce n'est pas ce que tu crois, se défendit Thomas. Je voulais savoir ce qu'il manigançait.

— Traître ! cracha-t-elle en se débattant de plus belle.

— Tu te trompes ! Je tentais simplement de démasquer Nicolas par mes propres moyens. Il fallait bien qu'on se débrouille sans toi.

Nicolas réclama le silence en écartant les bras.

— Rassemblez les apprentis perdus et rendez-vous à la crypte pour la cérémonie d'abdication !

Puis il ajouta, à l'intention d'Alex :

— Oui, ce nom sonne plus juste. Car c'est toi qui renonceras publiquement à ton trône en reconnaissant que la cérémonie de résurrection a été une mascarade. Ta désignation en tant que Lucifer sera annulée. Ton nom, effacé des annales.

Enfin, Nicolas ordonna aux boutefeux :

— Emmenez-la, vous ! Et lui aussi, précisa-t-il en désignant Thomas.

— Un instant, siffla Azramelech.

Tous se figèrent, suppôts, apprentis et boutefeux inclus.

— Qu'y a-t-il, cher maître du feu intérieur sans qui tout ceci n'aurait pu avoir lieu ? demanda Nicolas avec ironie.

— Notre association se termine ici, apprenti noir, laissa tomber l'homme de lave.

— Pardon ?

— Je ne vois pas pourquoi je devrais continuer à travailler avec toi puisque je fais tout moi-même !

Nicolas aurait vu le plancher s'effondrer sous lui qu'il n'aurait pas eu un visage différent.

— Mais la cérémonie… tout était prêt… je tenais enfin ma…

— La cérémonie aura quand même lieu, à mon profit. Lucifer 666 ! N'est-ce pas que ça m'irait bien ?

Le démon noir regardait Azramelech comme s'il venait de rencontrer la mort en personne.

Le pli s'accentua dans la portion inférieure du visage de feu. On aurait dit qu'il souriait.

— Les suppôts t'avaient pourtant mis en garde contre la fourberie des démons des profondeurs. Je tiens malgré tout à te remercier. Si tu ne m'avais pas tiré de ma torpeur, je serais encore à flotter dans les tourbillons du feu éternel alors qu'il y a tant de misères à répandre sur terre.

— Le monde a bien changé, se permit de rappeler M. Asmodée.

— Je vous conseille de vous taire, cher ami, sinon vous risquez de connaître le même sort que ces petits morveux.

Azramelech secoua son bras incandescent et une rangée de gouttes de feu gicla au sol. Mues par une force étrange, les éclaboussures rouges formèrent une flaque bouillonnante qui s'épaississait à vue d'œil. En quelques instants, une véritable mare de lave apparut sous leurs yeux.

— Emmenez-le ! Elle aussi ! J'espère que vous savez nager, au moins ? persifla Azramelech.

Le boutefeu qui retenait déjà Alex étira le bras pour saisir Nicolas et le souleva au-dessus de la mare fumante.

— Lâchez-moi ! Vous n'êtes que de vulgaires assassins.

Le géant à la peau brûlée allongea son autre monstrueux bras. Alex se retrouva suspendue par les pieds au-dessus de l'étendue de lave. Sa casquette tomba dedans, prit feu et fut vite absorbée par la roche en fusion.

— La meilleure façon de s'assurer un règne calme consiste à se débarrasser de tous les prétendants, observa Azramelech de sa voix de chalumeau.

— Monsieur Asmodée ! Monsieur Ubald ! implora Thomas. Vous ne pouvez pas laisser faire ça !

— Le renégat a des remords, ricana Azramelech en empoignant le démon gris par le bras.

Thomas hurla au contact de la main de lave qui enflamma sa manche. Une odeur de chair roussie se répandit.

— Eh ! Thomas ! s'écria Alex. Je te crois ! Je t'ai toujours cru !

— Merci, répondit Thomas en grimaçant de douleur. J'espère qu'on se reverra dans une autre vie.

— Moi aussi.

Les yeux d'Alex et de l'adolescent s'embuèrent. Le séraphin et le chérubin pleuraient à chaudes larmes.

— J'espère qu'elle ira au ciel, articula Chéru entre deux sanglots. Comme ça, on pourra la revoir.

— En enfer, tu veux dire, le reprit Séraph.

Le boutefeu se tourna vers son maître. Celui-ci baissa lentement la tête.

— Ne me laissez pas tomber-er-er, s'affola Nicolas en sentant que l'immense main qui le retenait se desserrait.

— Attrape ça, Alex !

Oubliée de tous, même de la rouquine, la policière s'était frayé un chemin jusqu'au bord de la mare. D'un geste vif et précis, elle prit son bouclier de métal et le lança en direction d'Alex alors que le boutefeu la lâchait.

Utilisant ses petites ailes invisibles, Alex se rétablit et atterrit sur ses pieds juste au moment où le bouclier glissait sous ses semelles. Mettant à profit les notions acquises en s'entraînant au surf, elle s'arc-bouta et réussit à garder son équilibre.

Emportée par son élan, elle cueillit Nicolas avant qu'il se retrouve dans la lave. Puis, imprimant au bouclier un léger mouvement de balancier, elle slaloma jusqu'à la rive du lac de feu.

Un tonnerre d'applaudissements et des hourras enthousiastes accueillirent la conclusion de cette périlleuse manœuvre.

— Ce bouclier aurait dû fondre, s'étonna Azramelech en lâchant Thomas.

Celui-ci tomba à genoux en serrant son bras. Alex se précipita vers son ami blessé qui la remercia d'une grimace douloureuse avant de s'effondrer. M. Asmodée et M. Ubald accoururent eux aussi.

La policière avait dégainé son arme et s'avançait vers Azramelech d'un pas assuré.

— J'ai un peu trafiqué ce bouclier pour qu'il puisse parer tous les coups… même les plus fumants.

Laissant Thomas aux bons soins des suppôts, Alex s'approcha de la policière qui, à n'en pas douter, n'en était pas vraiment une. La rouquine examina attentivement la femme. Il y avait quelque chose de familier chez elle, mais Alex avait beau se creuser la tête, elle n'arrivait pas à mettre le doigt dessus.

— Qui êtes-vous ? demanda Alex.

— Laquelle préfères-tu, jeune démone rouge ? répondit l'agente en retirant son casque.

En l'espace de quelques secondes, la policière aux traits durs se transforma successivement en vieille femme, en employée d'hôtel, en superbe jeune femme en bikini, et à nouveau en policière.

Alex reconnut chacune d'entre elles, même si elle ne les avait pas toutes rencontrées en personne.

La première avait été vue par Antipatros en pleine nuit en compagnie de sa mère. La deuxième était cette femme à l'accent étranger qui avait parlé de destinée dans l'embrasure de leur porte de chambre. La troisième avait passé la journée entière près d'elle sur la plage. Quant à la policière, Alex devait admettre qu'elle avait bien caché son jeu dans la banque.

— Je suis Lilith, la reine des démones, claironna la prétendue policière.

M. Ubald et M. Asmodée s'inclinèrent très bas.

— Soyez la bienvenue dans notre humble section des enfers, déclara le gros suppôt.

Lilith leur rendit leur révérence.

Alex se grattait la tête. Après la cérémonie de la fourche, elle se rappelait avoir entendu Lucifer 665, son grand-père, dire que Lilith s'occupait des démons femelles. Se pouvait-il qu'elle soit venue ici pour la chercher, elle, seule fille de la section comptable et une anomalie pour bien des gens sous terre ?

— Ah, en passant, jeune fille, je suis ta grand-mère.

N'importe qui à la place d'Alex en serait tombé à la renverse, mais cette révélation n'était que la dernière d'une série d'extraordinaires surprises. Si Lucifer était son grand-père, il ne serait guère étonnant que Lilith soit ce qu'elle prétendait être, d'autant plus qu'Alex n'avait connu aucune de ses grands-mères.

— Vous êtes si jeune ! observa la rouquine.

— Avoue que je ne fais pas mes trois mille ans ! Je le dois à mes pouvoirs de métamorphose. Tu les possèdes, toi aussi. Je te montrerai à t'en servir. C'est grâce à eux que j'ai réussi à séduire Lucifer sans qu'il s'aperçoive qu'il avait affaire à la reine des démones.

« J'ai ensuite rencontré un bel Italien qui m'a demandée en mariage, ce qui cadrait à merveille dans mes projets. J'ai malheureusement dû le quitter peu après la venue au monde de ta mère. Il était très épris de moi. »

« Pauvre grand-papa Di Salvo », songea Alex. Cette démone s'était jouée de lui comme elle avait manipulé Lucifer auparavant.

La rouquine savait que le poste de Lucifer se renouvelait toutes les trois générations.

Dans sa jeunesse, Lucifer 665 avait d'ailleurs dû séduire ses deux mille humaines réglementaires, dont les petits-enfants deviendraient ses héritiers. Le but était de s'assurer d'une relève au moment de son départ.

Pourquoi Lilith s'était-elle immiscée dans ce processus ?

Sentant son trouble, la femme s'approcha d'Alex et la serra contre elle. La rouquine n'éprouva rien de particulier, à part le contact froid du revolver dans son dos. Puis Lilith s'empara de sa main et la brandit très haut. Alex eut l'impression d'être un lutteur désigné gagnant par l'arbitre.

— Cette fille est non seulement la digne héritière du seigneur des ténèbres, mais aussi une descendante de la reine des démones ! annonça Lilith d'une voix forte. Le sang qui coule dans ses veines est donc d'origine doublement démoniaque. Vous avez devant vous une véritable princesse du monde infernal, qu'un destin exceptionnel appelle !

Le visage d'Alex avait viré au cramoisi pendant que Lilith parlait. Près de deux mille paires d'yeux étaient maintenant braqués sur elle.

— Abaissez-vous tous devant Lucifère Première, ordonna Lilith.

Un silence lourd accueillit cette proclamation puis, un à un, à commencer par les suppôts, les gens autour d'elle se mirent à la saluer. Bientôt, les têtes s'inclinèrent dans un mouvement de vague déferlante. Même les boutefeux qui retenaient Séraph et Chéru penchèrent leurs grands cous brûlés.

— Toi aussi, avorton, exigea Lilith en braquant son arme sur Nicolas. Et ne t'avise pas de virevoler. J'ignore pourquoi elle a sauvé ta misérable petite personne. Je ne t'aurais pas épargné, moi. À genoux, microbe !

Le démon noir se jeta au sol avec un grognement de rage. En plus d'avoir été trahi par son associé et floué dans ses rêves de grandeur, il avait été sauvé par la personne qui était la source de tous ses maux. Et, humiliation suprême, il lui fallait s'agenouiller à ses pieds !

— Mais la prophétie, gémit le démon noir. Le chaos sur terre ! Le monde à l'envers !

— Les oracles et leur manie de tout dramatiser ! s'esclaffa Lilith. Le monde à l'envers, le chaos, c'était simplement leur façon de décrire l'avènement d'une femme au poste de Lucifer, chose impensable pour ces hommes du Moyen Âge.

«Sachez-le tous, ainsi que vous, Azramelech, la prophétie s'est bel et bien réalisée avec la venue d'une femme à titre de six cent soixante-sixième Lucifer. Et je n'ai personnellement rien ménagé pour m'assurer qu'elle se réalise.

«J'en avais assez que les femmes des enfers soient confinées à des rôles de séductrices. L'émancipation des femmes à la surface m'a donné l'idée de précipiter un peu les événements ici. Et personne ne s'en plaint, je crois, à part vous, jeune abruti. »

Azramelech, qui s'était fait très discret depuis l'intervention de la policière et la révélation de sa réelle identité, fit entendre un chuintement admiratif.

— Vous avez raison, chère amie, bien que cela me force à retarder mes projets. Ce n'est que partie remise, soyez-en assurée. Mais… pourriez-vous revenir à votre avant-dernière forme ?

Lilith examina un moment la silhouette rougeoyante d'un œil expert.

— La femme en bikini ? Bien sûr !

L'image de la policière se brouilla aussitôt et la superbe jeune femme prit sa place.

— Ah ! siffla le maître du feu intérieur. J'avais oublié à quel point les femmes humaines pouvaient parfois être des créatures magnifiques.

Il n'était pas le seul à contempler la nouvelle personnification de Lilith. « Pas étonnant que Lucifer n'ait pu lui résister », se dit Alex.

— Et comme ça ? Ça vous plairait davantage ?

De petites flammes jaune et or léchèrent les agréables contours de la déesse en maillot de bain. Sa peau se mit à rougir jusqu'à devenir incandescente. Une authentique femme de lave prit lentement forme.

— Je suis comblé, souffla Azramelech qui irradiait maintenant d'un rouge des plus intenses.

La Lilith de lave lui offrit son joli bras enflammé.

— Allons nous balader dans les entrailles de la Terre, cher ami, proposa-t-elle en l'entraînant vers le lac en ébullition. Je dois vous faire une confidence, j'ai toujours préféré les hommes au tempérament de feu.

— Vous ne pouvez pas partir ainsi, protesta Alex. Vous avez promis de m'apprendre la métamorphose. Et puis, ajouta-t-elle d'une toute petite voix, j'ai besoin de savoir si ma mère est au courant. Elle l'est, n'est-ce pas ?

— Elle sait tout depuis peu, répondit Lilith sans se retourner. Elle a commis l'erreur de lire la lettre que tu aurais dû ouvrir le jour où tu as eu douze ans.

Lilith jeta un coup d'œil à Thomas par-dessus son épaule flamboyante.

— Beaucoup de potentiel, ce jeune homme. Imaginez, si jeune et oser virevoler en groupe ! Ça m'a presque prise au dépourvu. Heureusement que tous les aspects du virevolage n'ont plus de secret pour moi. J'ai pu vous aider à ramener tout le monde. Enfin, presque.

Thomas marmonna :

— Je me disais, aussi, que ça avait été un peu trop facile, pour un gars qui n'est même pas capable de virevoler jusqu'à la surface.

L'homme et la femme de lave entrèrent bras dessus, bras dessous dans les eaux fumantes du lac de feu et s'y enfoncèrent lentement. Lilith se retourna au dernier moment.

— Je reviendrai sous peu te montrer mes trucs, chère Lucifère. Et on pourra s'adonner à de longues conversations entre filles. On a tant de choses à se dire, toi et moi.

Les têtes d'Azramelech et de Lilith disparurent dans un tourbillon d'écume.

Sans avertissement, le boutefeu qui avait retenu Alex et Nicolas plongea à son tour en provoquant un geyser. Aussitôt, les deux autres boutefeux libérèrent les anges et sautèrent dans les flots bouillants. Des spirales de lave se creusèrent pour former un entonnoir, puis le lac disparut aussi soudainement qu'il était apparu.

— Regardez! s'écria M. Ubald en montrant le sol.

La lave qui s'infiltrait par les fentes du plancher s'était également retirée.

— Je vais voir si le Calorifique s'est remis à fonctionner, lança M. Asmodée sur un ton enjoué.

Perplexe, Alex fixait l'endroit où se trouvait, un instant plus tôt, le lac de lave. Elle ne sourcilla même pas lorsque Nicolas disparut en virevolant sous ses yeux. Il ne perdait rien pour attendre, celui-là.

En fait, un mot de Lilith avait provoqué un lointain déclic dans la tête d'Alex et elle avait l'impression que quelque chose d'important lui échappait depuis leur retour sous terre. Quelque chose que l'enchaînement rapide des événements l'avait empêchée de remarquer. Puis elle comprit.

— Antipatros ! cria la rouquine, horrifiée de ne pas avoir noté son absence plus tôt.

— Je vous rappelle que les suppôts ne virevolent pas, dit M. Ubald en lissant sa grosse moustache.

— Il serait donc toujours là-haut ?

— Jusqu'à ce que le Calorifique soit de nouveau en état de marche, en tout cas.

Thomas hocha la tête.

— Seul contre tous ces policiers armés jusqu'aux dents, ça m'étonnerait qu'il ait pu s'échapper de la banque.

« De plus, il était menotté et privé de son parapluie », songea Alex avec angoisse.

— Pauvre Antipatros. Oh non ! tout ça est de ma faute !

Si au moins elle n'avait pas abandonné les enfers si longtemps après la bagarre contre les anges ! Le détestable Nicolas n'aurait peut-être pas pu tisser sa toile diabolique. Ça ne se passerait pas comme ça, cette fois-ci.

— Je retourne le chercher ! décida Alex en ravalant ses larmes.

— Comment ? demanda M. Ubald. Le Calorifique…

— … fonctionne de nouveau, trompeta M. Asmodée en revenant de l'embarcadère.

— J'y vais tout de suite, alors !

— Attends ! lui cria Thomas avant qu'elle ait pu faire un pas. Laisse-moi y aller avec toi. Nous formons, malgré tout, une bonne équipe.

Le démon gris serrait toujours son avant-bras à demi carbonisé. Le simple fait de parler le mettait en sueur et pourtant il était prêt à prendre part à une nouvelle aventure.

Alex lui mit la main sur l'épaule.

— Non. Soigne-toi d'abord. J'y vais seule… pour l'instant. Je dois aussi régler un truc personnel là-haut.

— Alex ! appela derrière elle une voix qu'elle ne connaissait pas.

Elle se tourna. Jacob, le jeune autiste, la regardait tout content, encadré du séraphin et du chérubin.

— Alex, redit Jacob en lui tendant la main.

— Mais tu parles, maintenant, s'émerveilla la rouquine en serrant très fort la menotte du plieur de verre.

— Alex, répétait le garçon en bougeant la tête de haut en bas.

— Bravo, Jacob. Je suis si heureuse pour toi !

Le garçon se contenta de hocher la tête mécaniquement.

Ce n'était pas encore une conversation, mais c'était un progrès exceptionnel, s'enthousiasma Alex. Pas à pas, le jeune autiste s'ouvrait sur le monde ! Elle ne put retenir une larme.

— C'est grâce à nous, maîtresse, se vanta gentiment Chéru 48479. On lui fait du bien, on dirait.

— Chaque fois qu'on le touche, son état s'améliore, ajouta Séraph. Et puisque nos pouvoirs angéliques nous sont revenus au cours de la mission aux treizièmes étages, c'est plus efficace.

— Vos pouvoirs vont s'amenuiser rapidement sous terre. Profitez-en donc pour multiplier les contacts d'ici là, suggéra M. Ubald.

Après avoir adressé un dernier sourire à Thomas, aux deux anges, aux suppôts et au petit plieur de verre, la rouquine se précipita vers l'embarcadère du Calorifique.

Ma fille,
ce démon

La tête d'Alex remuait dans tous les sens. Elle se sentait secouée comme un drapeau au vent. Le mouvement perdant un peu de sa vigueur, elle se risqua à entrouvrir les yeux.

Déjà vêtue, sa mère était penchée au-dessus de son lit.

— Debout, jeune fille. Nous devons faire les bagages !

Mme Di Salvo eut le temps d'effectuer deux allers-retours rapides entre la salle de bain et la commode avant que sa fille réussisse à sortir un pied du lit.

— As-tu bien dormi ? s'inquiéta sa mère en réapparaissant, les bras chargés de produits de beauté. Tu as les traits tirés, ce matin.

« À force de passer des nuits blanches, c'est normal », grogna mentalement la rouquine. Et la prochaine nuit s'annonçait tout aussi occupée. Il lui faudrait trouver un moyen de libérer Antipatros.

En traînant les pieds, Alex contourna une petite table basse où l'attendaient un bon bol de céréales, un jus de fruits pressés et le journal. Elle s'immobilisa, le souffle coupé. Une immense photo d'Antipatros apparaissait en première page. En gros caractères rouge feu, la manchette titrait :

« Le chef de la bande des incendiaires arrêté alors qu'il dévalisait la banque de Chastelain. »

Reprenant son souffle, la rouquine s'empara du tabloïde. D'allure habituellement si digne, le suppôt avait l'air d'un véritable repris de justice avec ses menottes. Alex froissa le journal.

— Quelque chose ne va pas, ma fille ?

— Non, rien, maman, s'empressa de la rassurer Alex.

— Es-tu certaine ? Voudrais-tu qu'on en parle ?

La rouquine s'aperçut que sa mère la regardait d'un air mi-apeuré, mi-inquiet.

— C'est comme tu veux, ma chérie, poursuivit Mme Di Salvo d'un air détaché.

Alex la regarda ranger quelques effets en silence.

— Euh… maman… Es-tu sortie hier soir ?

Sa mère s'arrêta net, le bras suspendu au-dessus de la valise.

— Moi ? Oui, je suis allée régler la note à la réception.

« En auto ? » eut envie de crier Alex, sauf qu'elle se retint. Sa mère et elle étaient engagées dans un étrange jeu du chat et de la souris, et elle ne voulait surtout pas mettre fin à la partie tout de suite.

— Ah… Avaient-ils du courrier pour moi ? Une lettre sans timbre et toute jaunie ?

Cette fois, sa mère manqua défaillir.

— Euh… tu as bien reçu une lettre semblable, mais il y a fort longtemps, répondit finalement Mme Di Salvo.

— Et tu l'as lue ?

« C'est le moment de vérité », pensa Alex en voyant sa mère ouvrir et refermer les lèvres sans qu'un son en jaillisse.

— J'ai lu à peine quelques lignes, tu sais, mentit sa mère en bouclant la valise.

Alex referma brusquement le tiroir qu'elle venait de vider.

— Maman ! Es-tu certaine de n'avoir rien à me dire ?

Sa mère prit sa valise et alla la déposer près de la porte de la chambre.

— Euh… non ! Et toi ?

— Euh… non.

De toute évidence, songea Alex avec amertume, ce match allait se solder par un score nul. À moins que… Mme Di Salvo se retourna pour faire face à sa fille. Ses joues étaient rouges et sa respiration, saccadée.

— Tu ne mets pas de casquette pour sortir ? lança-t-elle avec un entrain forcé.

— Ah, ma casquette… Je crois que je l'ai perdue, avoua Alex, visiblement déçue.

— Tu sais bien que tu dois porter quelque chose pour cacher tes… euh, tes cheveux en bataille. Tiens ! prends mon chapeau de plage.

Alex saisit le chapeau de paille à large bord que lui tendait sa mère.

— Ah oui, mes cheveux en bataille, répéta-t-elle avec un brin d'ironie en effleurant ses petites cornes du bout du doigt avant de poser le couvre-chef sur son crâne.

Le chapeau s'enfonça aussitôt jusqu'à ses yeux.

Sa mère s'esclaffa. Alex et elle s'embrassèrent.

— Allons-y, dit Mme Di Salvo. On parlera de tout ça sur le chemin du retour.

« Rien ne presse », eut envie de répondre la démone rouge.

Table des matières

Achevé d'imprimer
sur les presses d'AGMV Marquis